초보할배의 8년

으ㅅ이이기

KB152027

초보할배의 8년 **육아일기**
—손녀와 함께 부르는 사랑의 노래

초판 1쇄 펴낸 날 / 2018년 4월 24일

지은이 • 전영철 | 펴낸이 • 임형욱 | 본문디자인 • 예민 | 영업 • 이다윗 |
펴낸곳 • 행복한책읽기 | 주소 • 서울시 종로구 명륜4길 5-2, 403호
전화 • 02-2277-9216,7 | 팩스 • 02-2277-8283 | E-mail • happysf@naver.com
인쇄 제본 • 동양인쇄주식회사 | 배본처 • 뱅크북(031-977-5953)
등록 • 2001년 2월 5일 제300-2014-27호 | ISBN 979-11-88502-06-6 03810
값 • 12,000원

초 보 할 배 의   8 년

육아일기

— 손녀와 함께 부르는 사랑의 노래

전영철 지음

행복한책읽기

■목 차

1장 출생~공동육아 (2010. 1~2010. 8)

2장 어린이집 가다 (2010. 8 ~ 2013. 3)

3장 유치원 시절 (2013. 4 ~ 2016. 2)

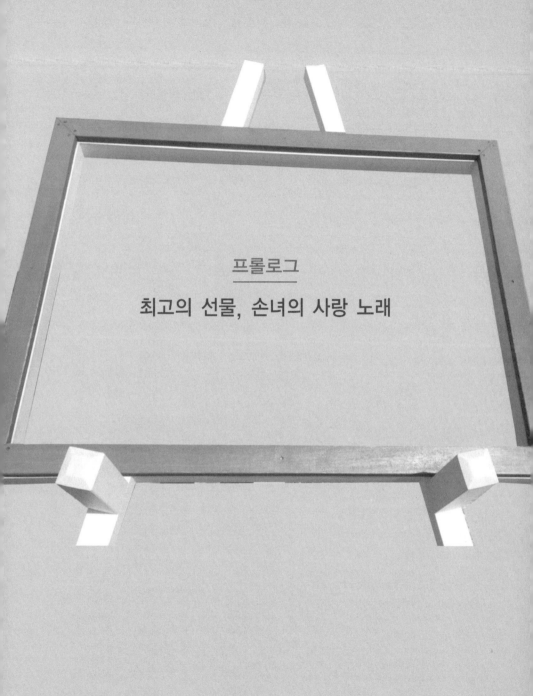

프롤로그

최고의 선물, 손녀의 사랑 노래

최고의 선물, 손녀의 사랑 노래

뜻하지 않게 외손녀의 양육을 전담하게 된 초보할배가 손녀 육아 일기를 쓴 지도 8년이 넘었다. 그 사이 조부모가 손주를 양육하는 '격대교육'에 대한 2권의 책을 썼고, 100년 이상을 이어온 믿음의 가문들 수백 곳을 발로 뛰어다니며 정리한 『믿음, 그 위대한 유산을 찾아서』 시리즈도 2권 출간하였다.

그런데 나에게는 정말 소중한 이 책들보다 더 큰 보람은 따로 있다. 그것은 바로 손녀가 할아버지를 위해 직접 작곡한 사랑의 노래다. 할아버지가 손녀에게 쏟은 내리사랑에 대한 답가인 듯하다. 나의 육아일기가 외사랑에 그치지 않고 손녀와 함께 부르는 사랑의 노래가 되었다는 확인인 것 같아 가슴 뿌듯하다.

이 책의 맨뒤에 수록된 그 날의 일기를 앞당겨 인용해본다.

＊＊＊

　오랜 만에 만난 손녀가 조심스럽게 종이 한 장을 내밀었다. 한 번 보자고 하니 아이는 부끄럽다며 돌아선다. 무언가 하고 물어보니 할아버지에게 줄 선물이란다. 그러면 할아버지에게 보여 달라고 부탁하자 아이는 음표가 그려진 종이 한 장을 내밀었다. 음표 밑에는 노랫말이 적혀 있었다. 아이가 할아버지를 사랑하는 마음을 담은 노래였다.

　본인이 할아버지를 사랑하는 마음을 글로 쓰고 작곡을 하고 그것을 종이에 기록한 것이다. 8마디로 된 노래다. 제대로 형식을 갖추진 못 했지만 아이의 사랑이 듬뿍 담긴 '사랑 노래' 다. 세상에서 하나밖에 없는 귀한 '할아버지를 위한 사랑 노래' 다.

　　♬할아버지 사랑해요

　　할아버지 감사해요

　　나를 가장 사랑하시는

　　우~리 할아버지♬

　이 노래를 본 순간 나의 마음은 기뻤다. 기뻤다기보다는 가슴이 멍해졌다는 표현이 좋을 듯하다.

　손녀의 사랑 가득한 노래. 자신이 처음으로 작곡한 노래가 할아버지를

12

사랑하는 노래여서 더욱 고맙고 감사하다.

＊ ＊ ＊

직장에 다닐 때 나는 조용한 노후를 꿈꾸며 지냈다. 산골에 가서 조용하게 사는 것이 아니라 읽고 싶은 책을 읽고 여행을 하면서 노후를 지내는 꿈이다. 그러나 정년보다 몇 년 앞서 직장을 떠나면서 나의 노후 계획은 대대적인 수정을 해야 했다. 결혼 한 딸이 출산을 한 후 심한 산후풍을 앓게 되자 나는 본의 아니게 아이 엄마의 병간호와 갓난아이를 키우는 일을 하게 된 것이다. 처음 10개월 동안은 직장에 출근하느라 저녁에만 아이 양육에 보조역할을 했다. 아내와 공동 육아를 한 셈이다. 그러다가 퇴직과 거의 동시에 환자를 돌보는 일과 갓난아이를 키우는 일을 도맡아 하게 되었다.

아이가 태어나고 한 달 가량 지난 2010년 1월 함께 살게 된 외손녀가 성장하는 과정을 블로그(blog)에 올리기 시작했다. 아이가 날마다 성장하는 모습을 블로그에 올리는 것은 재미있었다. 하루 이틀이 지나자 아이의 성장과정이 한 눈에 들어왔다. 아이를 키우면서 부족한 부분은 '유아교육' 서적을 참조했다.

이 책은 지난 8년 간 블로그에 올린 육아일기를 새롭게 재구성한 것이다. 이 책에 실린 내용은 내가 손녀를 키우면서 직접 경험한 것들이다. 육아일기를 블로그에 올린 이유는 크게 4가지가 있다.

첫째는 손녀의 어린 시절에 대한 추억을 기록하는 것이다. 자기가 기억할 수 없는 어린 시절의 여러 가지 이야기들을 할아버지의 시각에서 기록한 일기는 손녀가 성장하여 어린 시절을 추억할 수 있게 된다. 할아버지가 손녀에게 전해줄 수 있는 귀한 선물이다.

둘째는 할아버지가 손주를 키우는 과정이 육아 전문가가 제시하는 기준에 맞는지를 확인할 수 있기 때문이다.

셋째는 퇴직 후에 손주양육에 나서는 조부모들에게 용기를 주기 위함이다. 다양한 여건 속에서 손주를 키우는 조부모들의 역할이 매우 중요함을 깨달을 수 있는 기회이기도 하기 때문이다.

넷째는 할아버지가 손녀를 직접 키우는 동안 얼마나 고생을 했으며 손녀를 얼마나 사랑했는지를 알리고 싶은 마음도 있다.

일기를 쓰는 동안 차마 외부에 알릴 수 없었던 것들도 많이 있다. 출산 후 고통스러워하는 딸의 모습을 바라보며 무기력한 아버지인 자신이 몹시도 미웠던 적이 여러 번 있었다. 가능하다면 나이 많은 내가 대신 아팠으면 하는 마음도 들었다. 처음에는 몇 달만 고생하면 완치될 것이라고 생각했었는데 1년이 지나도 차도가 없고, 2년이 지나도 병세는 호전되지 않았다. 이 과정에서 내가 퇴직할 때 받은 퇴직금의 대부분은 아이 엄마의 병원비와 생활비로 사용하였다.

아이가 성장하여 자신이 어떻게 자라났는가를 할아버지의 기록으로 접할 수 있다면 매우 의미있는 일이 될 것이라고 생각하면서 성장일기를 기록했다. 가난한 할아버지가 손녀에게 줄 수 있는 값비싼 선물이라고 생각한다.

다행히도 아이는 건강하게 잘 자라서 2016년에 초등학교에 입학했다. 12월에 태어났으나 또래에 비해 발육이 뒤처지지 않은 것도 다행이었다. 할아버지가 손녀를 키우면서 해 줄 수 있는 것은 먹이고 입히고 놀아주고 하는 것이다. 아이가 어린이집이나 유치원에 다닐 때는 낮 시간을 이용하여 책을 읽고 글을 쓰는 일을 계속했다.

2013년과 2015년에는 『믿음, 그 위대한 유산을 찾아서』1과 2를 출간했다. 이 책을 쓰기 위해서는 전국을 돌아다녀야 했다. 설립 역사가 100년이 넘는 교회 700여 곳을 찾아다니며 자료를 수집하고, 사람들을 만나면서 집필한 책이다. 해마다 5만 킬로미터 가까이 자동차 여행을 한 셈이다.

손주를 키우는 조부모들은 모두 자기 손주에 대한 환상을 가지고 있다. 휴대폰 바탕화면에 첫 손주 사진을 올려놓고서 시간이 날 때마다 보고 웃는다. 사람들을 만나면 손주 자랑에 열을 올리기도 한다. 내리사랑으로 손주를 키우는 조부모들의 고생은 손주들의 미소 하나면 사라진다. 자녀들의 감사하다는 말 한마디면 피로는 말끔히 씻어진다.

손주를 키울 수밖에 없는 형편이라면 즐겁게 키우도록 해야 한다. 조부모의 행복 바이러스가 손주와 자녀들에게 전해지도록 하면 행복한 가정을 이룰 수 있다.

내가 이 책의 초고를 아내에게 보여 주었을 때 아내는 나를 존경한다고 했다. 그 동안 혼자서 딸 병 수발을 들면서 외손녀를 잘 키워 주어서 고맙다고도 했다. 자기 대신 고생 많이 했다고도 했다. 그러면서 눈물을 보였다. 여자도 힘든 일을 할아버지가 잘 감당해 주었다고도 했다.

그러나 손녀가 건강하고 똑똑하게 잘 자라는 모습을 곁에서 지켜보며 성장과정을 기록으로 남기게 된 것을 나는 감사하게 생각하고 있다. 이 일기가 손녀에게 좋은 선물이 되기를 바란다.

1장

출생~공동육아

(2010.1~2010. 8)

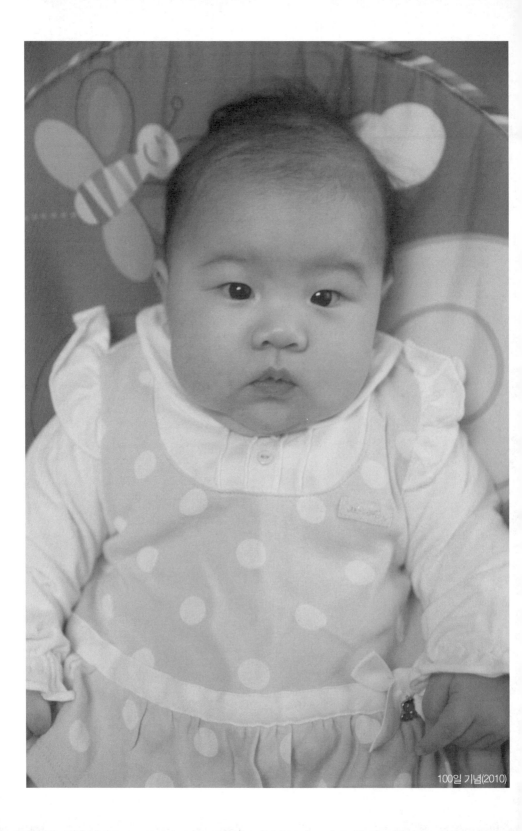

100일 기념(2010)

2009년 12월 3일 외손녀는 건강하게 이 세상에 태어났다.

그 날 그 산부인과에서 태어난 아이 중에

울음소리가 가장 큰 아이였다.

그 후 아이는 무럭무럭 잘 자라났다.

반면 아이 엄마는 소위 '산후풍' 으로 심한 고생을 하고 있다.

몸이 아파 남들은 한 번 경험하는 산후조리원에

두 번이나 들어가서 몸조리를 했지만

끝내 건강을 회복하지 못 하고 있다.

할아버지가 직장에서 빠른 은퇴를 하기까지

할머니인 아내가 낮 시간 동안 산후조리와 육아를 담당했다.

생후 8개월 되던 달에 손녀는 집 근처의

어린이 집에 다니기 시작했다.

2009년 12월 3일 외손녀가 출생했다. 같은 해 1월에 태어난 친손
자에 이은 두 번째 손주가 태어난 것이다. 건강하게 태어난 아기를
온 식구들은 반갑게 맞이했다. 그 날 같은 산부인과병원에서 출생한
아이들 중 가장 울음소리가 큰 아이다. 그런데 아이 엄마인 나의 딸
은 결혼 3년 만에 첫 아이를 낳느라 고생을 많이 했다. 임신 중에도
심한 입덧 때문에 남편과 함께 지내지 못 하고 친정에서 지내면서 자
기 엄마의 보살핌을 받았다.

손녀가 태어난 후 한 달 가량 지나고 나서 블로그(blog)를 개설했
다. 손녀가 태어났을 때만 해도 내가 손녀와 함께 지낼 것이라고 생
각하지 못 하고 그냥 지냈다. 그러다가 불현듯 손녀의 성장일기를
기록하고자 하는 마음이 생겼다. 아이가 태어나면 모든 식구들이 새
생명을 어떻게 보살펴야 할지 허둥대기 일쑤여서 아이가 태어나서
자라나는 모습을 제대로 관찰하고 기록하는 것이 쉽지 않은 일이다.
그래도 우리 집에서 시간이 많고 아이를 객관적으로 바라볼 수 있는
사람은 나였기에 블로그에 아이의 성장일기를 기록하기로 했다.
　아이가 태어나서 20여 일이 지나는 동안에 일어났던 일들을 기억
하는 것조차 쉽지 않다. 기억의 한계이다. 홈페이지를 운영해본 경
험을 살려 블로그를 개설하고 나니 뿌듯함과 함께 염려가 밀려온다.

블로그에 무엇을 올릴 것인가? 우리 집안에서 일어나는 내밀한 것을 시시콜콜 올릴 것인가? 나의 일이 아닌 아이와 아이 엄마의 이야기를 어느 정도까지 노출시킬 것인가에 대한 판단이 서지 않는다. 아이의 사진을 올리는 것도 조심스럽고, 출산 후 고생하는 딸의 이야기를 있는 그대로 올리는 것도 조심스럽다.

아내와 함께 딸을 보살피면서 손녀를 키우는 것은 재미있는 일인 동시에 힘든 일이다. 내 자식을 키울 때는 육아경험이 부족한 대신 젊음이 있었기에 별 두려움이 없었다. 그러나 나이 들어서 손녀를 키우는 것은 생각보다 쉽지 않은 일이다. 잠자는 습관이 어른과 다른 손녀는 우리 부부의 저녁을 송두리째 흔들어 놓기를 반복하고 있다.

2. 우리 집 최고 대장 아가씨   2010. 01. 07(목)

태어난 지 이제 막 한 달을 지낸 외손녀는 우리 집에서 가장 영향력이 크다. 자기가 자고 싶을 때 자고, 먹고 싶을 때는 울고, 쉬를 싸면 또 다시 울고, 문제가 빨리 해결되지 않으면 목청을 높여 울어댄다. 그렇다고 감히 누구도 혼을 낼 생각을 하지 않는다. 어떻게 하면 빨리 비위를 맞추어줄 수 있을까를 생각하는 사람들만 주위에 모여 있다.

한 달이 막 지난 외손녀는 몸무게가 5kg을 넘어섰다. 열심히 먹고 싶은 대로 먹은 결과 살이 포동포동 쪘다. 이제는 제법 살이 올라 팔과 다리에 힘이 많이 생겼다.

어제 저녁에도 한 밤중에 두세 시간씩 안아달라고 울었다. 대신에 늦은 아침이 되도록 잠을 잔다. 그 바람에 아내와 딸은 밤에 잠을 설쳤다.

아가야 이 외할아버지는 네가 힘껏 울어도 좋단다. 무럭무럭 건강하게 자라나는 것이 할아버지의 첫 번째 소망이고, 남들처럼 현명하고 똑똑하게 자라나는 것이 두 번째 소망이란다. 가장 중요한 것은 외할머니의 신앙을 잘 본받아서 세상 풍조에 휘말리지 않고 올바르게 살아가는 것이다.

태어난 지 얼마 안 되었지만 자신의 뜻을 정확하게 전달할 줄 아는 우리 집 대장 아가씨. 오늘도 즐거운 만남을 통해 너의 아름다운 성장을 지켜보고 싶다.

밤새 뒤척이다 새벽에 깨어서 이 글을 쓴다. 몸은 컴퓨터 앞에 있지만 마음은 온통 아이 엄마에게 가 있다. 안방에서 고통스러워하는 아이 엄마를 생각하면 가슴이 먹먹해 온다. 벌써 한 달째 이런 날이 계속되고 있다. 며칠 째 밤잠을 자지 못하고 숨도 제대로 쉬지 못 하고 있다.

아이 엄마가 어제 저녁에는 잘 잤는지 무척 궁금하다. 우리 부부는 아침마다 아이 엄마의 얼굴을 찬찬히 살피는 것이 하나의 일이 되었다. 잠은 잘 잤는지. 통증은 조금 사라졌는지 물어보기도 미안하여 그냥 표정을 보고 판단을 한다.

출산 후 1개 월 가량 지나면서 온 몸이 아파오기 시작하면서 아이 엄마는 고통스러워하고 있다. 물론 병원에도 가 보았고, 한의원에도 가서 진찰을 받고 약을 처방 받았지만 지금은 하루하루가 힘든 시간을 보내고 있다. 정확한 원인을 알 수 없다. 부모로서 아픈 아이에게 아무것도 해줄 것이 없다는 현실이 가슴 아프다.

아이는 엄마의 고통을 아는지 모르는지 잘 먹고 잘 자고 있다. 자기가 원하는 것이 제대로 만족스럽게 채워지지 않을 때는 목청을 높여 울어대면서 무럭무럭 자라고 있다.

이 땅의 많은 산모들이 출산 후에 겪게 되는 어려움 가운데 하나인 '산후풍'을 완쾌시킬 수 있는 방법은 없는 걸까? 외국의 여성들은 출산 후에 샤워도 한다는데, 그리고 그들은 따뜻한 온돌에서 산후조리도 하지 않아도 괜찮은데 우리나라 여성들에게만 무슨 특이한 유전자가 있는 것일까?

아침에 아이 엄마를 만나면 제일 먼저 얼굴을 살펴보는 것이 우리 부부의 일이 되었다. 어제보다 어느 정도 좋아졌는지를 살피는 거다. 빨리 건강이 회복되어야 할 텐데.

4. 산후조리원에 다시 들어가다   2010. 1. 16(토)

아이 엄마는 심해지는 통증을 견디지 못해 결국 산후조리원에 다시 들어갔다. 출산 후 40여 일이 지나도록 바깥 구경도 못할 정도로 온 몸이 아프기 때문이다. 보통 출산 20여 일 후면 몸을 움직일 수 있는데 아이 엄마는 오히려 건강이 나빠지고 있다. 그래서 아이 엄마는 2주일 예정으로 산후조리원에 다시 들어가게 된 것이다.

외손녀는 그것도 모르고 여느 때처럼 잘 지내고 있다. 엄마가 얼마나 고통스러워하는지도 모르고 잘 자라나고 있다. 딸이 집을 나설 때 자기 엄마에게 아이가 보고 싶을 거라고 말했다. 아내와 나는 저녁 시간에 외손녀를 차에 태우고 산후조리원으로 갔다. 휴가를 내서 집으로 오는 사위를 위해 간단한 저녁과 덮고 잘 이불을 준비해서 딸을 찾아갔다. 딸의 얼굴을 보니 여러 가지로 안심이 되었다.

앞으로 2주일 동안 아이는 자기 엄마의 얼굴도 자주 볼 수 없다. 목소리도 자주 듣지 못 한다. 엄마가 집에 있어도 엄마 품에 안길 수 없는 형편이었지만 그래도 시간마다 엄마의 목소리를 들으면서 자라던 외손녀가 당분간 엄마의 음성을 듣지 못 한다는 생각에 가슴이 아프다.

아이 엄마가 산후조리원에 있는 동안 아내와 나는 외손녀 키우기에 전념하고 있다. 낮에는 인근에 사는 손자도 돌보고 있다. 며느리가 외부활동을 하기 때문이다. 나는 퇴근 후 저녁 시간에 아내와 함께 외손녀를 돌본다. 결국 아내는 낮 시간대에 다른 사람의 도움을 받아가며 손자와 손녀를 키우고 있긴 하지만 육체적으로 힘이 든다. 이 문제를 해결할 수 있는 가장 빠르고 좋은 방법은 아이 엄마가 하루 속히 건강을 회복하는 일이다.

갓 태어난 아이를 키운다는 것은 매우 힘든 일이다. 나에게 있어서 가장 힘든 것은 아이를 재우는 일이다.

어제 오후 아내가 잠시 외출을 하는 바람에 외손녀와 단 두 사람이 남았다.

오후 5시 30분, 이때만 해도 아이는 잠을 자고 있어서 아무런 문제가 없었다. 6시 30분, 보채는 소리를 듣고 기저귀를 갈아준 후 우유를 먹였다. 이때만 해도 아이는 천사였다.

7시 경 드디어 문제가 일어났다. 아이는 집이 떠나가도록 울어대기 시작했다. 조금 전에 기저귀를 갈아주고 우유를 먹여주었는데 왜 우는지 원인을 알 수 없다. 아이를 얼른 안아 주었다. 그런데도 불구하고 아이는 계속 울었다. 당황스럽기도 하고 이웃에게 방해를 줄까봐 어찌할 줄을 몰라 아이를 품에 안고 집안을 이리저리 돌아다녔다. 그렇게 30여 분 동안이나 할아버지를 힘들게 하던 아이는 내 품에서 잠을 자기 시작했다. 한참을 안고 있으려니 팔이 아파 잠시 내려놓으면 다시 하늘이 떠나가도록 울어댔다. 안아서 재워주고, 또 내려놓으면 울기를 여러 번 반복하느라 아이도 어른도 기진맥진했다.

아이가 잠투정을 할 때면 어른들이 쩔쩔맨다. 말을 하지 못 하는 아이가 왜 그러는지 알지 못 하기 때문이다. 울 때도 마찬가지다. 이

26

유를 모르니 문제를 해결해 줄 수도 없다. 하지만 아이가 기분이 좋아서 어른들과 눈을 맞추고 입으로 무언가 좋알거리는 모습은 어른들의 마음을 녹여 준다. 어른들의 피로가 한 순간에 말끔하게 사라지게 만들어준다.

아내로부터 잠시 후면 집에 도착할 거라는 전화가 걸려왔다. 아내의 귀가가 이렇게 고마운 적은 없었다.

어제 저녁에 일어났던 꼬마 아가씨와의 결투는 3시간가량 진행되면서 힘들었다. 그러나 아이가 잠든 모습을 보면 힘들었던 시간은 잊어버리고 천사를 보는 것 같은 느낌이 든다.

아가야 너희 엄마가 하루 빨리 완쾌해서 집으로 돌아와 너와 함께 놀아주기를 기도해다오. 아가야 사랑한다.

6. 왕비의 귀환　　　　　　　　　2010. 02. 06(토)

왕비가 돌아왔다. 우리 외손녀의 엄마이자 나의 딸이 집으로 돌아왔다. 몸이 완쾌해서 돌아온 것이 아니다. 3주 동안 조리원에서 혼자 몸조리를 하였지만 별로 나아진 것이 없다. 출산하고 나서 2주간 조리원에서 몸조리를 하고 나서 집에서 지내다가 몸이 아파 다시 조리원에서 몸조리를 하였지만 뚜렷하게 좋아지지 않았다. 조리원에서 몸조리를 하는 동안에도 병원을 들락거리며 치료를 받았다. 그동안 집에는 손자와 외손녀, 아내와 나 이렇게 모여서 살았다.

딸이 집으로 돌아오는 날 외손녀는 자기 엄마를 잘 알아보지 못 했다. 아이는 자기 엄마에게 별 관심을 보이지 않았다. 엄마를 몰라보는 눈치다. 엄마의 음성을 기억하지 못 하는 것 같았다. 외할머니가 곁에서 자기 시중을 들어주다보니까 엄마의 음성이 낯설었나 보다. 두 사람이 서로를 바라보는 모습이 너무 아름다워 보였다. 그러나 한편으로는 이 광경을 말없이 바라보는 나와 아내의 가슴은 찢어질 듯 아팠다.

우리가 "왕비의 무사귀환을 환영한다."고 하니까 딸은 어리둥절해 했다. 집에서는 외손녀를 공주라 부르니까 공주의 엄마는 당연히 왕비가 된 것이다. 어쨌든 지금부터 며칠간이 제일 중요할 것 같다. 사위와 딸, 외손녀와 아내가 한 집에서 지내게 되면서 딸은 조금 더 안정을 찾을 것 같다.

하루 빨리 건강을 회복해야 금년에 해야 할 일을 다 잘 할 수 있을 것 같은데……. 하루 속히 딸이 완치되어 사랑하는 가족이 또 다시 한 집에서 웃음꽃을 피우기를 기도한다.

오늘은 아이 엄마와 아이가 병원에 다녀왔다. 아이 엄마는 몸이 좋지 않아서 검사를 위해 병원을 찾았고, 아이는 생후 2개월이 된 아이가 맞아야 할 예방주사 접종을 위해서였다. 산부인과와 소아청소년과 병원이 한 건물에 있어서 우리는 아이 엄마가 산부인과에서 기다리는 동안 아이 예방주사를 맞히겠다는 생각을 했다. 소아청소년과에는 대기하는 환자가 많아 오전 중에 진료를 받을 수 없었다. 결국 산부인과 진료를 먼저 받았다. 점심 약속 때문에 아이 진료는 오후에 받기로 했다.

오후에 소아청소년과를 찾아갔다. 병원에 들어서니 아이는 처음에는 낯선 풍경 때문에 다소 긴장하는 눈치였다가 이내 안정을 되찾았다. 잠시 후 의사선생님이 아이를 진찰하고 나서 아무 이상이 없다는 소견이 있은 후에 예방주사를 맞았다. 주사 바늘이 양쪽 다리에 꽂힐 때 크게 울어대더니만 바늘을 뽑아내니까 이내 그쳤다. 그 병원은 일반진료와 예방주사는 분리해서 실시하고 있었다. 덕분에 예방접종에 오랜 시간이 걸리지 않았다.

아이가 오늘 맞은 예방주사는 생후 2개월에 맞혀야 하는 '뇌수막염'과 '폐구균' 1차 예방접종 주사였다. 예방주사 비용이 다소 비싸다는 느낌을 받았지만 예방차원으로 맞는 주사라서 그러려니 했다.
두 종류 합쳐서 14만원이라면 서민 가정에서는 적은 돈이 아니다.
혹시나 열이 날 수 있으니 해열제를 준비하라는 의사 선생님의 소견
에 따라 약국에서 소아용 해열제를 사서 집으로 돌아왔다. 저녁에는
아이가 조금 보챘지만 열이 나거나 힘들어 하지는 않았다.

아이가 건강하게 자라는 모습을 보면서 아이 엄마가 하루 속히 건
강을 되찾아서 오순도순 살아가는 모습을 보았으면 좋겠다.

8. 젖병을 알아보는 아이   2010. 03. 03(수)

외손녀의 성장이 생각보다 빠르다는 느낌이 든다. 태어나서 2개
월까지는 배가 고프면 참지 못 하고 소리를 질렀던 아이가 생후 2개
월 반이 되면서 부터 배가 고프면 신호를 보내기 시작한다. 자꾸 소
리를 내기 시작하면서 입을 다시면 배가 고프다는 신호다. 수건을
목에 둘러주면 머리를 좌우로 흔들면서 입을 벌린다. 그러다가 젖병
을 눈앞에 가져오면 갑자기 웃음을 띠며 좋아한다. 젖병이 눈에서
사라지면 아이는 칭얼대기 시작하다가 다시 젖병을 눈앞에 가져오
면 좋아서 웃는다.

아기가 성장하는 과정을 관찰하고 놀아주는 것이 너무 행복하고

즐겁다. 아이가 성장해 가는 모습을 보면 인간이 살아가는 데 가장 필요한 것을 채우는 것이나 알아가는 것은 누가 가르쳐 주어서 아는 것이 아니라 본능적으로 태어나면서부터 가지고 있는 능력인 것 같다. 그래서 인간은 늘 겸손해야 하는가 보다. 자기가 가진 것이 많거나 아는 것이 많다고 자랑할 것이 아니라 자기보다 조금 못난 사람을 도와줄 수 있는 여유로움을 가져야 할 것이다.

내 자식을 키울 때는 직장생활 하느라 바쁘고 육아경험도 없어서 육아에 대해 아는 것이 별로 없었다. 그러나 손자 손녀를 키우는 것은 자식 키우는 것과는 비교할 수 없는 또 다른 즐거움이 있는 것 같다. 할아버지, 할머니들이 손자 손녀를 키우는 것은 그 자체가 하나의 축복이라는 생각이 든다.

할아버지, 할머니 파이팅!!!

9. 이가 나려나 보다   2010. 03. 18(목)

최근 들어 외손녀가 아랫입술을 자주 오물거리는 모습이 눈에 띈다. 입에 먹을 것이 있는가 싶어 자세히 봐도 아무것도 없는데 틈만 나면 아랫입술을 빠는 행동을 하는 것이다. 이제 막 백일이 지난 아가라서 아직 이가 날 때가 되지 않았다는 생각을 가지고 아랫잇몸을 검사해보니 하얀 모습이 드러나기 시작한다. 신기하기도 하고 귀엽

기도 해서 조심스럽게 바라다보면 아이는 하던 행동을 멈추고 가벼운 미소를 지어준다. 자기 엄마는 백일 무렵 첫 번째 이가 나서 어른들을 놀라게 했다.

아이는 주로 외할머니인 아내가 보살펴 준다. 아내가 부엌일을 할 때면 아기는 바운서(bouncer)에서 시간을 보낸다. 엄마 품에서 잠을 자거나 우유를 먹을 수 있는 기회가 없다. 아직 아기 엄마가 산후풍으로 고생을 하기 때문이다. 아이의 이런 모습이 많이 애처롭기도 하지만 그래도 무럭무럭 잘 자라나는 것을 보면서 감사하게 생각한다.

꽃 피는 봄이 오면 근처에 있는 수목원으로 나들이를 갈 생각을 하면서 아가를 안아주고 있다. 아가야 건강하게 잘 자라거라. 사랑한다.

10. 화려한 외출   2010. 03. 26(금)

오늘 오후 딸아이가 자기 엄마에게 커피를 마시고 싶다는 이야기를 했을 때 너무 기뻤다. 딸아이가 아이를 낳고 네 달이 다된 지금까지 병원에 가는 것 빼고는 한 번도 외출을 한 적이 없었기 때문이다. 이번 외출은 외손녀가 태어나서 처음으로 자기 엄마와 함께 외출을 하는 뜻 깊은 날이다. 예방주사를 맞으러 갈 때도 외할머니 등에 업혀서 갔고, 집에서 놀 때도 외할머니 품에서만 놀았다.

오후에 아내를 포함한 4명이서 집 근처에 있는 커피숍으로 갔다. 걸어서 5분 정도 떨어진 곳에 있는 커피숍이다. 처음으로 온 가족이 함께하는 외출이었다. 실내에서조차도 방한용 모자를 쓰고 두꺼운 방한복을 입어야 하는 딸에게는 매우 뜻 깊은 외출이다. 우리는 신선한 봄의 향기를 맡고 싶다는 생각에 따스해진 봄볕을 맞으며 걸었다.

커피숍에서 한 시간 정도 이야기를 하다가 이번에는 근처에 있는 이태리 식당에 가서 이탈리안 비프를 먹었다. 아이 엄마는 에피타이저(appetizer)로 나온 채소를 따끈한 물에 적셔서 먹었다. 아직도 차가운 음식을 먹지 못 하고 차가운 수저도 들지 못 할 정도로 아픈 아이다. 그러나 오랜만에 외출을 해서 그런지 딸아이의 표정은 한결 밝아보였다.

딸아이와 이야기를 나누던 아내는 앞으로는 매일 커피숍에 가서 커피를 마시고 음악을 들으며 신선한 봄 향기를 맡으라고 제안을 했다. 물론 딸아이도 그렇게 하겠다고 대답을 하지만 마음속으로는 '오늘 저녁에 몸에 아무 이상이 없으면 그렇게 하겠습니다.' 라는 말을 하는 것 같았다.

만약 오늘 저녁에 무사히 잠을 잘 잘 수 있다면 몸 상태가 매우 호전된 상태로 볼 수 있을 것 같다. 딸아이의 행동반경이 조금씩 넓어지기를 기도한다. 여자들의 산후풍이란 무서운 질병을 고칠 수 있는 특효약이나 처방이 있으면 좋겠다는 생각을 다시 한 번 해 본다.

11. 나는야 인기 최고의 할아버지　　　　2010. 03. 30(화)

　요사이 나는 손자와 외손녀에게 가장 인기가 있는 사람인 것 같다. 손자 녀석은 할아버지만 만나면 얼른 품에 안겨서 이곳저곳을 가리키며 질문을 쏟아낸다. 물론 그 중에서 대부분은 무슨 말인지 알지 못한다. 그러나 손자 녀석은 한참 동안을 그렇게 주위를 돌아다니게 만든다. 혹시나 며느리가 손자에게 손을 벌려서 안으려고 하면 손자는 내 품에 더욱 강하게 파고들면서 자기 엄마의 손길을 뿌리친다.

　외손녀도 할아버지를 가장 좋아하는(?) 것 같다. 몇 주일 전까지만 해도 내가 안아주면 발을 구르며 불편해 했던 아이다. 최근 며칠 간은 아주 많이 변했다. 특히 졸음이 올 때는 외할머니나 자기 아빠가 안아주면 소리를 지르며 울어대고 반드시 업어서 재워달라고 한다. 그러나 내가 안아주면 품에 고이 안겨서 잠을 청하고 금세 잠이 들어버린다. 그럴 때마다 주위에서는 아이가 사람을 차별한다고 난리지만 아이는 전혀 개의치 않는다.

　아이들이 나에게 사랑을 보일 때마다 나는 많은 생각을 한다. 아이들이 과연 내가 누구인지 제대로 알고 이런 행동을 하는 것일까?

그렇지 않으면 아이들의 내부의 무엇이 나를 좋아하게 만든 것일까? 어찌됐건 간에 아이가 할아버지를 따른다는 것은 정말 기분 좋은 일이다. 하루 종일 직장에서 힘들게 보냈을 때라도 아이들을 품에 안으면 피곤이 싹 가셔버린다. 귀여운 손녀의 사랑은 내 삶의 청량제다.

사랑하는 손자와 외손녀가 지금처럼 건강하고 지혜롭게 잘 자라주었으면 좋겠다. 아가야 사랑한다. ……영원히

12. 뒤집기　　　　　　　　　　　　2010. 03. 31(수)

요사이 외손녀는 뒤집기 연습을 하고 있다. 허리가 반쯤 돌아가고, 다리는 몸을 옆으로 세우는 데 도움을 주고 있다. 그러나 아직 최종적인 뒤집기 한 판은 이루어지지 않는다. 그 모습을 바라보던 아이 엄마가 손을 등에 대고 뒤집어 주면 아이는 그때부터 양손과 두 발을 들고 낙하하는 모습을 취한다.

아이의 목적은 단순히 몸을 뒤집는 것이 아니라 몸을 뒤집어서 기어가는 것이었다. 그럴 때면 어른들은 크게 웃는다. 태어난 지 4개월 된 아이가 뒤집기를 시도하고 앞으로 기어가고 싶어서 몸을 움직이는 모습에 그냥 웃음이 나올 뿐이다.

손자의 경우에도 그랬다. 한 번의 뒤집기를 성공하기 위해 여러

날 동안 연습을 했다. 그러다가 마음대로 안 되면 짜증을 내기도 했다. 그러나 결국에는 뒤집기에 성공을 했고, 앞으로 기어가는 것도 성공을 했고, 지금은 신발을 신고 걸어가는 수준까지 성장했다. 외손녀도 그럴 것이라고 생각을 한다.

드디어 뒤집기에 성공하다(2010. 4. 5(월))

외손녀는 오늘 아침에도 열심히 뒤집기를 연습하고 있다. 드디어 오후부터는 혼자서 뒤집기를 한다. 외손녀의 성장이 빠른 편이라서 우리 식구들은 빨리 뒤집기를 할 것으로 예상했었다. 그렇지만 이렇게 빨리 뒤집기를 할 줄은 몰랐다.

며칠 전까지만 해도 엎어 두면 양팔과 다리를 들고 낑낑대더니만 오늘은 두 발로 밀어서 앞으로 나아가려고 노력하고 있다. 별로 힘들어하지도 않는다. 아마도 빠른 시일 내에 배밀이 형태로 몸을 움직일 수 있을 것 같다. 아가가 뒤집기를 하는 오늘 아이 엄마도 한결 몸이 좋아진 것처럼 보인다.

사람들은 이러한 단계를 거쳐서 걷기도 하고 뛰기도 하게 된다. 그렇지만 때로는 자기들이 어릴 때의 모습을 상상하지 못 하고 아이의 모습을 보고 안타까워한다. 세상살이가 힘들수록 '개구리 올챙이 시절'을 기억할 필요가 있다. 나보다 못한 남을 돌아볼 줄 아는 넉넉한 마음을 가진 삶을 살아가는 지혜와 배려심이 필요하다. 외손녀도 남을 배려하며 살아가는 어린이로 자라났으면 좋겠다.

아가야, 뒤집기 연습을 게을리 하지 마라. '천리길도 한 걸음부터'라는 말이 있듯이 뒤집기에 성공하면 너의 봄은 앞으로 기어살 수 있는 능력을 갖게 되고 조금 지나면 앉고, 서고, 걸을 수 있는 능력을 개발하여 어른들처럼 뛸 수도 있게 된단다. 노력하는 자만이 아름다운 열매를 얻을 수 있다는 교훈을 잊지 마라. 아가야 사랑한다.

겨울 동안 보온을 위해 쳐 두었던 비닐(외부 공기를 차단하려고 창문 외부에 비닐을 쳐 두었음)을 오늘 오후에 걷어냈다. 빨리 건강을 회복해서 사랑하는 자기 딸을 안고 외출을 할 수 있었으면 좋겠다. 바깥 날씨가 따뜻해서 내일부터는 하루에 한 번씩 10분 정도 외출을 하려고 계획하고 있다.

13. 엄마의 외출   2010. 04. 10(토)

딸은 지금도 2주일에 한 번씩은 한의원에 가서 치료를 받고 약을 타오고 일주일에 한 번씩은 지압을 받고 있다. 그러면서도 100일 넘도록 투병 중이다. 그간 출산 후 통증으로 인해 거의 바깥출입을 자제했던 딸이다. 주위에서는 언제쯤 건강을 회복하게 될지 걱정을 많이 하고 있다. 남들은 출산 후 2~3개월이 지나면 정상적인 활동을 할 수 있는데 우리 딸은 4개월이 지난 지금도 외출을 할 때면 겨울용 바지 2개, 외투는 기본이고 머리에는 방풍용 모자까지 눌러써야 되는 처지여서 쉽게 외출을 할 마음을 먹지 못 한다.

딸아이는 오늘 사위와 함께 외출을 했다. 너무 집에만 있으면 정신건강에 좋지 않을 것 같아서 부부가 나가서 영화도 보고 맛있는 식사도 하라고 외출을 권유한 것이다. 귀여운 외손녀는 아내와 내가 돌봐주고 있다.

이제 몸과 마음이 건강해져서 이전보다 더욱 사랑스럽고, 건강하게 살았으면 좋겠다. 아직 해야 할 일도 많고 하고 싶은 일도 많은 나이인데 좀 더 적극적으로 도와줄 수 있는 일이 별로 없음에 안타까울 뿐이다. 아픔이 올 때는 빠르게 왔다가 갈 때는 너무나 천천히 떠나가는 것 같다. 그래도 우리들은 포기하거나 실망하지 않는다. 희망찬 미래를 바라보며 오늘도 열심히 살아가고 있다. 이러한 엄마의 형편을 잘 아는지 외손녀는 오늘도 외할머니 등에 업혀서 깔깔거리며 웃고 있다.

14. 굴러서 이동하기   2010. 04. 27(화)

요즘 아이가 몸을 뒤집는 것은 자연스러운 일이 되어 버렸다. 처음에는 힘들게 몸을 뒤집고 나서는 끙끙대면서 힘들어 했다. 그러나 지금은 머리를 들고 손과 발을 공중 부양하는 듯한 자세로 한참을 놀 수 있다. 지난 주말에는 엎드린 자세에서 몸을 뒤집어서 바른 자세로 누울 수 있게 되었다.

어제부터는 아이가 몇 번씩이나 몸을 굴러서 순식간에 이동을 할 수 있다. 이제부터 어른들은 아이를 좀 더 세심하게 돌보아야 할 때가 되었다는 신호다. 아이 주변을 잘 정돈하고 아이의 안전을 최우선으로 집안을 정돈해 주어야 한다. 이런 속도로 아이가 자란다면 머지않아서 아이의 행동반경이 크게 넓어질 것이기 때문이다. 아이가 많이 움직이면 그에 따라 어른들은 더욱 부지런하게 움직여야 한다.

아이의 성장을 지켜보고 있노라면 부모들이 할 수 있는 일보다는 아이가 스스로 할 수 있는 일이 더 많은 것 같다. 아이가 몸을 뒤집는 것을 어떤 부모도 가르쳐 줄 수 없지 않은가. 그저 신기하게 바라만 볼 뿐이다. 아이를 키우면서 어른들은 좀 더 겸손해져야 할 것 같다.

다음 달이면 생후 5개월이 되는 외손녀를 바라보면 30여 년 전에 태어난 딸아이의 어릴 적 모습이 오버랩 된다. 외손녀도 자기 엄마처럼 바르게 잘 자라주었으면 좋겠다.

15. 옹알이를 하는 외손녀　　　　　2010. 06. 05(토)

며칠 전부터 외손녀의 입에서는 심상치 않은 소리가 나온다. 아직은 분화되지 않았지만 '마, 마, 빠, 빠' 가 나오더니 어제부터는 급기야 '엄마'에 가까운 소리가 나와서 어른들을 놀라게 한다. 물론 자기 엄마를 보면서 하는 말이 아니라 혼자서 놀면서 입으로 내뱉는 말일 뿐이다.

세상에 태어난 지 6개월이 된 외손녀는 몸무게가 거의 10kg 정도 되고 아직 치아는 나오지 않은 상태다. 혼자가 이리저리 뒹굴 수 있으며 엎드려서 팔과 다리만의 힘으로 배를 땅에서 떨어뜨릴 수 있다.

가끔씩은 몸을 든 상태로 앞으로 미끄러져서 머리를 벽에 부딪치기도 한다. 어른들이 주변에서 같이 놀아주다가 시야에서 사라지면 울음을 터뜨리기도 하고 젖병을 눈앞에 가져다주면 배가 고플 때에는 눈빛이 달라지면서 입을 크게 벌리기도 한다. 우유를 먹다가도 양이 차면 사정없이 젖병을 물리치기도 하고 배가 고프면 소리를 질러대기도 한다.

아직은 자기 의사를 제대로 표현할 줄 모르지만 날이 갈수록 어른들과 소통할 수 있는 방법을 하나씩 개발해 나가는 모습을 보노라면 인간의 위대함과 연약함을 동시에 느끼게 된다.

아이들은 어른들이 가르쳐주지 않아도 스스로 깨달으며 성장한다. 어른들이 아이에게 가르쳐 줄 수 없는 것들도 많이 있다는 생각이 든다. 아이가 성장하는 모습을 보면서 인간은 언제나 겸손해야함을 느끼게 된다.

어제는 외손녀에게 우유를 먹일 기회가 있었다. 나는 아내가 우유를 준비하는 동안 아이를 품에 안고 기다렸다. 아내가 우유를 타서 아이에게 가져 오면서 "아가야 맘마!"라고 말을 하자 품에 안겨 있던 아이는 스스로 몸을 낮추었다. 아이는 우유를 먹을 때 취하는 자세를 스스로 만들어간 것이다. 어른들의 품에 안겨서 놀 때와는 다른 모습이다. 이 광경을 보고 있던 아이 엄마와 나는 깜짝 놀랐다. 아이는 오늘 아침에도 동일한 행동을 했다. 이번에는 아내도 함께 이 광경을 목격하고 우리는 모두 놀라워했다.

이것이 어린 아이가 살아가는 생존법인 것 같다. 생후 6개월 된 아이가 우유병을 보고 좋아하는 것을 넘어서서 우유를 먹을 자세를 스스로 취한다는 것은 놀라움 그 자체다.

아이가 다른 부분에서도 정상적으로 남들처럼 잘 자라주었으면 하는 것이 우리 가족의 소망이다. 남보다 너무 빠른 것보다는 남들과 어울려서 잘 살아갈 수 있는 아이가 되었으면 좋겠다. 아이가 이 무더위를 잘 견디어 내고 내년에는 손잡고 산책을 하고 싶다.

무럭무럭 자라는 손녀와 자기 몸을 가누기도 힘들어 하는 딸을 바라보면 우리 부부의 가슴은 미어진다.

외손녀가 어제부터는 기어가기 시작했다. 며칠 동안 팔과 다리의 힘으로 몸을 활처럼 굽히는 동작을 하면서 충분한 힘을 축적했던 모양이다. 이제는 기어서 앞으로 이동한다. 아이는 두 가지 방법으로 앞으로 이동을 하고 있다. 하나는 두 손을 가슴 부근에 두고 다리와 발을 움직여서 앞으로 나가는 방법이다. 애벌레들이 몸을 움츠린 후에 앞으로 이동하는 것과 흡사한 모습이다. 다른 하나는 왼 무릎을 세우고 이어서 오른 발로 몸을 일으켜 세운 후에 앞으로 이동하는 것이다.

인생 80에서 빨리 기어가는 것이 반드시 좋은 것은 아니다. 남들이 하는 과정은 정상적으로 밟았으면 하는 것이 초보할배의 바람이다. 너무 빠르지도 말고, 너무 늦지도 않게 남들과 비슷한 템포로 남들과 비슷한 수준으로 생을 살아갔으면 좋겠다.

오늘도 아이는 부지런하게 움직이는 연습을 한다.

금년 말이 되기 전에 아이는 걸음마를 시작하겠지.

조용히 그러나 쉬지 말고 자신의 길을 가는 아이가 되기를 기도한다.

서현아 사랑한다! 할아버지는 너의 모든 것을 사랑한단다. 무럭무럭 잘 사라나오.

18. 앞니 2개가 나기 시작하다 　　　　2010. 07. 05(월)

외손녀의 아랫니 두 개가 드디어 모습을 드러냈다. 한참 동안이나 입을 쩝쩝 거리더니만 드디어 앞니가 돋아나기 시작했다. 지금은 이가 솟아오르는 모습이 부옇게 보일 뿐이다. 조금 있으면 계속해서 앞니가 솟아오를 것이다.

아이를 키우는 어른들은 이 모습을 보면 당연히 이가 났다고 이야기를 한다. 거짓말이 아니라 어른들의 희망섞인 과장일 뿐이다. 말하는 사람이나 듣는 사람 모두 그렇게 생각하고 대화를 하는 것이다.

앞니가 하나 둘씩 솟아오르면 과일도 먹을 수 있겠지. 우유뿐만 아니라 조금 더 딱딱한 음식물도 먹으면서 자라는 모습이 눈에 선하다. 아가야 앞니뿐만 아니라 젖니가 모두 나면 두 발로 걸어 다니고 더 넓은 세상을 구경하게 될 거야. 엄마 아빠를 비롯하여 가족들의 이름도 불러주고 주변 사람들과 함께 살아가는 착한 아이로 자라겠지. 아가야 이제 인생의 시작단계이란다. 남들처럼 무럭무럭 잘 자라다오. 아가야 토끼처럼 예쁜 앞니가 정말 아름답구나.

어제 오후에 집안에서 한바탕 소동이 일어났다. 다름이 아니라 외손녀가 '잼잼'을 한 것 때문이다. 아이를 보던 내가 '잼잼'이라고 말을 하니까 아이가 양손을 폈다 오므렸다 했다. 못미더워서 '짝짜꿍'이라고 말을 하니까 이번에는 손바닥을 마주치는 것이었다. 그래서 옆에 있던 아내와 딸에게 이야기를 하고 다시 한 번 '잼잼'이라고 곡을 붙여서 들려주니 아이는 좋아라 하면서 양손을 오므렸다 폈다 하는 것이었다.

생후 8개월 남짓 된 외손녀의 '잼잼'과 '짝짜꿍'을 본격적으로 알아듣고 시작한 날에 이 글을 쓰는 기쁨은 어린 아이를 키우는 사람들만이 가질 수 있는 행복일 것이다.

어제 오후에 일어난 이야기다. 외손녀가 자꾸 안아달라고 보채길래 아이를 안고 안방으로 들어갔다. 물론 아이는 자기를 침대에 눕히는 줄 알고 싫다는 반응을 보인다. 그래서 아이의 주의를 다른 데로 돌리기 위해 아이에게 침대 머리맡에 걸어둔 벽시계를 보여 주며 '시계' 라고 말을 해 주었다. 몇 번을 반복해서 시계를 가리키며 시계라고 말을 해 주고 나서 이번에는 아이에게 따라하도록 유도를 했다.

그러자 아이가 '디게' 라고 발음을 하면서 시계를 쳐다보았다. 이럴 때는 증인이 필요할 것 같아서 거실에 있는 아내와 아이 엄마를 불렀다. 아이에게 시계가 어디 있느냐고 물으니 아이는 아까처럼 '디게' 라고 말을 하면서 벽시계를 쳐다보았다. 아내와 아이 엄마 모두 깜짝 놀랐다. 아직 물건 이름을 입으로 말하지 못 하는 아이가 나름대로 시계를 알아보는 것 같아 기분이 좋았다.

그러나 아이에게 새로운 사물의 이름을 가르쳐 주고 알고 있는지를 확인하는 작업은 더 이상 하지 않을 생각이다. 어제 있었던 일은 어제의 일로 마무리하고 아이와 재미있게 놀아주기만 할 것이다. 아직은 아무것도 모르는 것 같지만 아이의 귀는 열려 있고 아이의 두뇌는 계속 자라고 있음을 잊지 않고 있다. 이 무더위에 그냥 잘 자라나기를 기도할 뿐이다.

21. 엄마!   2010. 07. 30(금)

여느 아침처럼 일찍 일어난 외손녀와 다정하게 놀고 있는데 아이 엄마가 '서현아!' 라고 아이 이름을 부르면서 아이 앞을 지나갔다.

바로 그때 아이는 손에 쥐고 있던 장난감을 집어 던지면서 큰 소리로 '엄마!' 라고 소리쳤다. 그것도 한 번이 아니라 자기 엄마가 자기를 알아보고 안아줄 때까지 여러 번을 엄마라고 부르며 소리를 질렀다. 딸아이와 나는 깜짝 놀랐다. 아직 한 번도 자기 엄마를 보고 엄마라고 제대로 부른 적이 없었기 때문이다. 그런데 오늘 아침에는 자기 엄마를 보고 또렷하게 엄마라고 불렀던 것이다. 이 소리를 들은 딸아이는 감격에 젖어 목이 메이는 것 같았다.

자기 몸은 아직 완쾌되지 않았지만 무럭무럭 자라나는 자기 딸이 어느새 엄마를 알아보기 시작한 것 같아서 너무 자랑스러워하고 있다. 아침에 일어나서 한 시간 넘게 함께 놀아준 할아버지는 잠시 엄마의 그늘에서 빛을 잃어가고 있다. 평소에 놀 때는 할아버지가 제일 좋은 것 같지만 아프거나 배가 고플 때는 엄마를 제일 먼저 찾는 것이 외손녀의 참 모습이다.

22. 젓가락 사수하기   2010. 08. 05(목)

생후 8개월이 된 아이는 하루가 다르게 성장하고 있다. 어제는 아이가 식사 시간에 자기 앞에 놓아둔 나무젓가락을 집어 들고 좋아하면서 놀았다. 그러나 아직 자기 몸을 제대로 가누지 못 하는 아이인지라 위험하다고 생각이 들어 아이에게 다른 장난감을 쥐어 주려고 해도 아이는 젓가락을 손에서 놓지 않았다. 그래서 아이의 손에서 젓가락을 강제로 빼앗아서 얼른 뒤로 감추었는데 아이는 계속해서 울어댔다. 자기가 가지고 놀던 젓가락을 내놓으라는 행동이었다. 이제는 아이가 자기가 가지고 놀던 물건에 대해 기억을 하고 있는 것 같다. 자기가 가지고 싶은 것, 보고 싶은 것을 기억하고 애착을 갖는 것이 너무 귀엽다.

아이가 자기 의사를 온몸으로 표현하는 모습을 보면 아이가 가지고 놀기에 위험한 물건들은 잘 간수해야 할 시점이 된 것 같다. 아이의 성장을 보는 것은 기쁜 일이다. 한편으로는 아이와의 대결구도는 더욱 팽팽해질 것 같다.

태어나서 첫 번째 맞이하는 무더위에 아이가 어려움을 겪지 않도록 배려를 하다보면 어른들이 지친다. 그러나 지금 흘리는 어른들의 땀방울이 아이의 성장의 밑거름이 된다는 생각을 하면 행복하다. 아이가 성장하는 모습은 정말 신기하기만 하다.

23. 『격대교육이 오바마를 만들었다』 책 출간하다   2010. 08. 10(화)

출판사로부터 전화가 왔다. 『격대교육이 오바마를 만들었다』가 출간되었다는 소식이다. 퇴직을 앞두고 무엇을 할까를 고민하다가 찾아낸 분야가 조부모가 손주를 양육하는 '격대교육' 이었는데 드디어 첫 번째 책이 세상에 나온 것이다. 1년 넘게 힘들게 집필한 이 책은 '격대교육' 이란 이름으로 출판된 첫 번째 책이다.

우리 조상들은 조부모가 손주를 키워주는 것을 '격대교육' 이라고 불렀다. 우리나라에는 맞벌이 가정의 절반 정도가 조부모들이 손주를 키워줄 정도로 격대교육이 활발하게 진행되고 있다. 퇴직 후에도 30년 가까이 더 살게 되는 조부모들에게는 자신들의 피를 이어받은 손주들과 함께 한다는 즐거움이 있다. 젊은 엄마들이 마음 편하게 자녀를 맡길 수 있는 사람이 바로 그들의 부모님들이기도 하다.

지금까지 30년 가까이 방송 분야의 일을 하다가 교육 분야에 대한 글을 쓴다는 것이 쉽지는 않았다. 다행스럽게도 딸아이가 교육학을 전공한 덕분에 서로 의논하면서 책을 쓸 수 있었다.

24. 엉금엉금 기어가기   2010. 08. 19(목)

어제 아침 외손녀와 함께 놀고 있는데 아이가 갑자기 앞으로 기어 갔다. 아이는 지금까지는 배를 바닥에 대고 배밀이를 하면서 앞으로 나갔다. 마치 수영에서 접영(蝶泳)하는 모습으로 두 팔과 두 무릎을 이용해서 앞으로 이동했다. 이번에는 접영이 아니라 성큼성큼 기어가서 자기 앞에 있는 물건을 잡는 것이었다. 배밀이와 무릎 기어가기와는 다른 형태로 기어가기 시작하였다. 손녀보다 11개월 먼저 태어난 손자는 배밀이를 하다가 바로 서서 걸었는데 외손녀는 손자와는 조금 다른 성장 모습을 보이고 있다.

아이들의 성장은 누구나 비슷한 단계를 거치고 있는 것 같다. 조금 늦거나 빠른 것은 그렇게 중요하지 않다는 생각이 든다. 엉금엉금 기어가는 것이 익숙해지면 스스로 물건을 잡고 일어서는 단계로 발전할 것 같다. 더불어 아이의 행동반경이 넓어지면 어른들의 행동반경도 함께 넓어져야 한다.

외손녀는 요즘 날마다 새로운 행동을 보여주고 있다. 아이들의 작은 성장이 아이를 돌보는 어른들에게 큰 행복을 제공하고 있다.

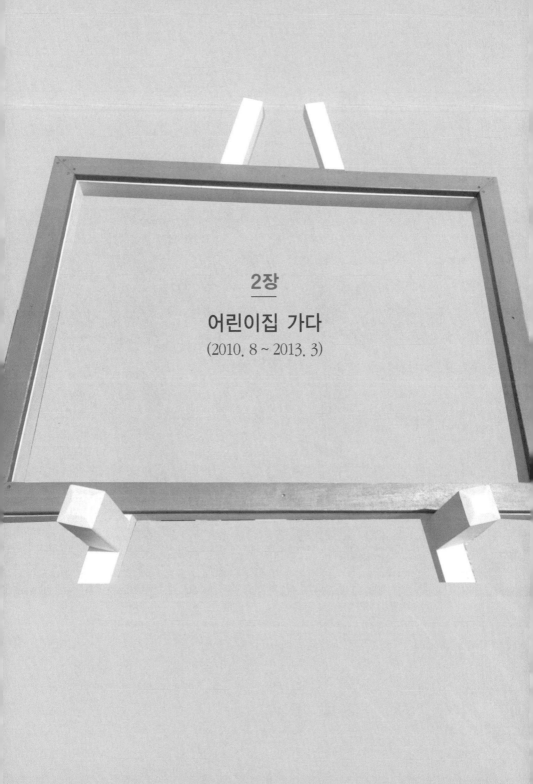

2장

어린이집 가다

(2010. 8 ~ 2013. 3)

손녀는 생후 8개월째 되던 2010년 8월에

아파트 단지 내에 있는 어린이 집에 다니기 시작했다.

원장 선생님의 사랑과 배려 덕분에

아이는 가족이 아닌 타인과 어울리는 좋은 경험을 하였다.

이때부터 할아버지는 '기러기 할배' 가 되어

아이 엄마 병간호를 하면서 손녀를 양육하는

육아도우미겸 가사도우미가 되었다.

2장은 손녀가 2년 7개월 동안

어린이 집에 다니는 동안의 일기이다.

아내가 강릉으로 가기 전 우리는 손녀를 어린이집에 보내기로 했다. 내가 혼자서 아이를 돌보면서 아픈 아이 엄마 병간호를 병행해야 하기 때문이었다. 아직은 조금 어리다고 생각되었지만 어쩔 수 없는 선택이었다. 할아버지가 보살펴 주는 것보다는 낮 시간에 어린이집에서 또래 친구들과 함께 놀기도 하고 선생님들의 돌봄을 받는 것이 괜찮겠다고 생각해서 내린 결정이다.

처음에는 아이가 식구들과 떨어지기 싫어하며 어린이집에 가지 않겠다고 저항하기도 했다. 며칠간은 아이를 맡긴 후에 아이 상태를 전화로 물어보기도 했다. 8개월 된 손녀를 어린이집에 보내는 것이 마음 한 구석에는 미안한 마음과 안쓰러운 마음이 가득했다.

생각보다 아이는 빨리 어린이집에 적응을 잘 했다. 원장 선생님을 비롯한 어린이집 선생님들이 아이를 사랑하는 마음이 커서 자기 자식처럼 잘 보살펴 준 덕분이다. 시간에 맞춰 아이들에게 맛있는 간식을 정성껏 만들어 주었고 아이들을 편안하게 해 주었다. 아이들은 자기 집처럼 열심히 뛰놀며 재미있게 지냈다.

아이는 원장 선생님의 품에 안기면 금세 안정을 찾아 잘 놀았다. 친구들과도 금세 친해져서 잘 어울렸다.

　외손녀는 할아버지를 좋아한다. 이유는 간단하다. 아침에 일어나면 가장 먼저 자기를 안아주고 각종 현안들을 해결해 주는 사람이 할아버지이기 때문이다. 뿐만 아니라 저녁에 아기가 잠들기 전까지 할아버지는 날마다 아기와 놀아준다. 물론 자다가 깨거나 울 때도 할아버지가 보살펴 준다. 우유를 먹이거나 기저귀를 갈아 주는 것도 할아버지의 몫이다. 이러다보니 할아버지는 아이에게 엄마와 아빠의 역할을 하는 셈이다.

　할아버지가 출근을 하고 난 뒤에는 외할머니와 자기 엄마와 시간을 보낸다. 하지만 퇴근 시간이면 아기는 할아버지를 기다린다. 내가 아파트 문을 열고 집에 들어서면 아기는 모든 신경을 할아버지에게 쏟는다. 가지고 놀던 장난감을 거실 바닥에 내팽개치는 것은 기본이고 자기를 안고 있는 엄마를 무시하고 상체를 할아버지에게로 이동하여 할아버지에 대한 무한 애정을 나타낸다. 아기를 안기 전에 손발을 씻으러 화장실에서 들어가면 그새를 못 참고 손을 씻는 동안에도 아기는 소리를 지르며 할아버지를 찾는다.

　며칠 전 아내와 함께 하루 동안 집을 비웠다. 아기는 자기 아빠 엄마와 지냈다. 그런데 어른들이 보기에 아이는 무기력한 행동을 했단다. 아침에 일어나서도 거실 바닥에 누워 조용히 지내는가 하면 하루에 우유를 세 번밖에 먹지 않아서 걱정이 된다고 멀리 있는 우리 부부에게 딸아이가 전화를 했다. 특별히 불편한 곳도 없는데 아이가 먹지도 않고 하루 종일 짜증만 부린다고 걱정이 태산이었다.

여행에서 집에 도착하는 순간 아기는 할아버지를 보더니만 손을 흔들면서 슬피 울었다. 목 놓아 울었다. 어른들이 우는 것처럼 울었다. 그리고 4일이 지난 지금까지 아기는 평소처럼 활발하게 행동하고 잘 먹고 잘 놀고 있다. 아기의 모든 행동이 할아버지가 곁에 없기 때문에 일어난 것으로 판명이 되었다.

아마도 아기에게 첫 사랑은 바로 이 할아버지인가 보다. 아침에 일찍 일어나는 습관 때문에 아기가 일어나자마자 웃는 얼굴로 안아주고 놀아주는 할아버지가 생후 9개월짜리 아기의 눈에는 자기를 가장 사랑하는 사람으로 보이는가 보다.

3. 할아버지 육아전담 시작하다　　　　2010. 10. 04(월)

아내가 강릉으로 가고 나니 집안이 텅 빈 느낌이다. 아내도 강릉에 살면서 가족들 생각에 마음이 아픈 모양이다. 아침저녁으로 전화를 걸어 식구들의 안부를 묻는다.

아내가 집을 떠나면서 제일 걱정한 것이 바로 식사 문제였다. 아직 첫돌이 되지 않은 아이에게는 이유식을 먹여야 하기 때문이다. 직장에서 막 퇴직을 한 나는 일주일에 한두 번 가사도우미의 도움을 받을 계획으로 육아를 담당하겠다고 장담했던 것이다. 가사도우미를 구하기는 했지만 거리가 멀어서 그마저도 여의치 않았다. 결국 집안의 모든 일은 내가 해결해야 한다. 식사 준비를 비롯하여 집 청소와 빨래도 나의 몫이다. 전기밥솥이 있고 세탁기도 있지만 환자와 어린 아이를 돌보는 일은 쉽지 않다.

아이를 어린이집에 보내고 나면 잠시 TV를 보면서 휴식을 취한 후 딸아이 점심준비를 한다. 그 다음은 내 개인 시간이다. 아이가 어린이집에서 돌아올 때까지 나는 퇴직할 때 마련해둔 오피스텔로 출근을 한다. 그동안 모아둔 책을 집에 둘 수가 없어서 임시로 마련한 사무실이다. 나는 그곳에서 나와 같은 퇴직자의 여유시간을 손주를 키우는 데 활용할 수 있는 방법에 대해 공부한다.

원래 나의 전공은 전자공학이다. 공군에서는 '공군항공과학고등학교'에서 교관으로 4년 동안 학생들을 가르쳤다. 제대 후에는 지방 방송국에서 엔지니어로 15년간 일하고, 대학에서 방송관련분야 교수로 12년 조금 넘게 학생들을 가르쳤다. 대학에서 조금 일찍 퇴직하고 난 뒤에는 방송분야의 일을 접고 조부모의 손주양육에 대해 공부하고 있는 것이다. 30년 넘게 공학을 공부한 나에게 교육분야는 정말 생소하게 느껴진다.

저녁에 아이를 데리고 집으로 오면 식사 준비를 하고 함께 식사를 한다. 조금은 어설프지만 우리 세 식구는 그렇게 살아가고 있다. 밑반찬은 아내가 만들어 준다. 가끔 내가 강릉에 가서 가져오기도 하고 아내가 집으로 올 때 가지고 온다. 때로는 반찬 가게에서 사서 먹거나 직접 요리를 하기도 한다. 반찬을 만들 때는 딸아이가 곁에서 가르쳐준다. 그런데도 많이 서툴다. 아이 이유식을 만들 때는 매우 조심스럽다.

4. 일어서기 연습   2010. 10. 26(화)

요사이 외손녀는 일어서기 연습이 한창이다. 주변에 손으로 잡고 일어설 물건이 있으면 두 팔로 잡고 일어선다. 때로는 물건과 함께 넘어지기도 한다. 그러나 아이는 일어서는 연습을 포기하지 않는다. 넘어지면 일어나고, 넘어지면 또 일어나기를 계속한다. 어른들이 보기에는 불안해 보여서 도와주고 싶어진다. 아이는 일어서는 것이 재미있는지 입가에는 웃음이 끊이지 않는다.

처음에는 겨우 일어섰지만 시간이 지날수록 안정적인 자세를 취하고 있다. 이제는 소파와 같은 물건을 잡고 옆으로 이동할 수 있게 되었다. 어른들이 손을 잡아주면 몇 걸음씩 걷기 시작한다.

문제는 아기가 스스로 걸을 수 있게 되면서 시작되었다. 어른들이 손을 잡아주는 것을 거부한다. 자기 스스로 걸어보겠다고 어른들의 손을 뿌리치는 것이다. 아직 스스로는 10초 정도 혼자 서 있을 수 있는 수준인데도 말이다.

아이가 누워있을 때는 넘어지거나 다치지 않았다. 아이가 스스로 일어서기 시작하면서부터는 자주 넘어지고 이마에 혹이 나기도 한다. 그러나 아이는 포기하지 않는다. 이마에 생긴 혹은 아이에게 걸을 수 있다는 훈장이다. 넘어지면 잠시 울다가 다시 웃으며 일어서는 연습을 하는 아이가 대견스럽다. 처음으로 일어서는 모습을 본지는 벌써 한 달이 넘었다. 그 사이 아이는 날마다 수십 번씩 일어서는 연습을 계속하고 있다.

나는 어린 아이와 함께 살면서 인생에 대해 많이 배운다. 주변 환경이 좀 어렵다고 금세 포기해 버리는 어른들에게 아이들은 삶에 있어서 끈기와 희망을 잃지 않을 것을 몸으로 보여주고 있다. 비록 넘

어지고 절망할 때도 있지만 목표를 향해 전진하다보면 멀지 않은 장래에 꿈을 이룰 수 있을 것이라는 모범을 보여 주는 것 같다. 아이는 어른의 스승이라는 말이 다시 한 번 생각이 난다. 추운 겨울이 오기 전에 옷깃을 여미고 다시 일어서야 할 것이다.

5. 하부지와 할아버지　　　　　2010. 11. 18(목)

요사이 외손녀는 말을 배우기에 무척 바쁜 나날을 보내고 있다. 어른들이 말을 하면 가만히 입모양을 쳐다보다가 자기도 따라서 해 보는 식이다. 하루가 다르게 아이의 말솜씨는 발전하고 있다.

어제는 아이 입에서 할아버지라는 단어가 튀어나왔다. 정확하게 는 '하부지' 다. 어른들은 이것을 '할아버지' 라고 듣고 남에게 자랑 한다. 아이 엄마와 함께 들었는데 다른 사람 앞에서는 '하부지' 라는 단어만 사용한단다. 어쨌거나 손자는 '핫~바' 라고 부르더니만 외손 녀는 '하부지' 라고 불러도 이 초보 할아버지는 마냥 기쁘기만 하다. 다음 달 초순이면 태어난 지 일 년이 되는 외손녀는 확실히 손자와는 다른 행동 패턴을 보이고 있는 것 같다.

아이들은 태어날 때부터 자기만의 특징을 가지고 태어나는 것 같 다. 손자는 궁금한 것이 있으면 끈질기게 탐구하는 형이라면 외손녀 는 사물을 이리저리 둘러보고, 또 둘러보는가 하면 손으로 만져보고 두들겨보기도 한다. 손자는 물건을 잡으면 대부분 입으로 가져가서 확인하였던 데 반하여 외손녀는 눈으로 확인하고 손으로 확인하는 모습을 보인다.

최근에는 손녀가 콧물감기로 2주 가까이 고생했는데 요며칠 사이로 많이 좋아졌다. 차가운 겨울이 오면 어른이나 아이 모두 감기에 조심해야 한다. 이 겨울이 지나면 아이는 많이 성장해 있겠지.

6. 냠냠이 나눠먹기   2010. 12. 01(수)

첫돌을 앞둔 외손녀는 무럭무럭 자라서 이제는 네 걸음 정도 걸을 수 있게 되었다. 왼손에 컵이나 물통 등을 손에 들면 오른손에 든 볼펜이나 숟가락으로 음식을 뜨는 흉내를 내면서 할아버지에게 먹여주기도 한다. 그러고 나서는 할아버지가 "냠냠, 맛있다!"라는 말을 해 주기를 웃으면서 기다린다.

할아버지가 "냠냠"이라고 말을 하면서 등을 토닥여주면 아이는 깔깔대며 웃음을 터뜨린다. 그런데 자기 엄마가 옆에서 좀 달라고 하면 마지못해 한 번 정도 주는 시늉을 한다. 할아버지에게 열 번 정도 준다면 엄마에게는 한 번 정도 주는 식이다.

아이는 아직도 자기 엄마와 놀지 못한다. 태어나서 엄마 품에 잠을 잔 적도 없다. 아이 엄마가 아직도 몸이 완전하지 않은 까닭이다.

자기 몸을 제대로 가누기도 힘들 정도로 고통스런 날을 보내고 있다. 이런 사정 때문에 아이는 태어나서 지금까지 엄마 침대 옆에 놓인 아기 침대에서 혼자 잠을 잔다. 거실에서 할아버지와 놀다가 잠을 잘 때만 자기 침대에서 잠을 잔다. 할아버지는 아기를 침대에 누이고 자장가를 불러 주다가 잠이 든 적도 많다.

아이는 자기가 살아가는 데 필요한 모든 문제는 할아버지인 내가 해결해 주는 것을 알고 있는 듯하다. 아이는 누가 자신의 삶에 필요한 사람인지를 분간하고 그 사람에 대해 애정을 가지고 있다. 시간이 지나면서 아이는 자기의 생각을 행동으로 표현하기 시작한다. 어찌되었거나 아이는 오늘도 할아버지와 정답게 잘 지내고 있다.

7. 헛기침   2010. 12. 08(수)

저녁에 바쁜 일이 있어서 방에서 혼자 컴퓨터 작업을 하고 있는데 누가 방문을 두드렸다. 방안에서 아무런 반응을 보이지 않자 이번에는 헛기침 소리가 들렸다. 첫돌을 지난 외손녀가 할아버지와 함께 놀고 싶어서 방문을 두드렸던 것이다. 방문을 두드려 보았지만 할아버지가 방문을 열어주지 않으니까 헛기침을 해서 자기의 존재를 알려 주려고 했다. 할아버지 방문을 열기 전에 자기가 할아버지를 보고 싶다는 신호를 보내 주었던 것이다.

방문을 열어 보니 아이는 방문 앞에 무릎을 꿇은 자세로 앉아서 누 팔을 벌리고 안아 달라는 자세를 취하고 있었다. 아이의 행동이 너무 귀여웠다. 할아버지가 방문을 열고 자기를 바라보는 순간 아이의 헛기침은 멈추었다. 아이를 안아주자 아이는 고사리 손으로 나의 등을 토닥여주었다.

아이의 헛기침 소리를 듣는 순간 옛날 시골에서 살 때의 일들이 생각이 났다. 내가 어릴 때 농촌에서는 헛기침이 유용하였다. 남의 집을 방문할 때 주인이 있는가를 확인할 때나 문짝이 없는 화장실을 사용하기 위해서도 헛기침이 필요했다. 이는 서로 간에 자신의 존재를 확인하는 신호역할을 하였다.

어린 아이의 작은 행동 하나가 이 초보할배의 가슴 속에 묻어 두었던 고향생각과 어린 시절을 떠올리게 했다.

8. 걷기 연습   2010. 12. 15(수)

외손녀는 요즘 걷기에 재미를 붙인 것 같다. 가까운 거리도 반드시 걸어서 간다. 뒤뚱거리는 모습으로 두 팔을 치켜들고서 부지런히 걸어간다. 그러다가 몸의 중심이 흐트러지면 잠시 휘청거리다가 다시 자세를 가다듬고 걸어가기를 계속한다. 며칠 전부터는 걸어가는 아이 이름을 부르면 멈추어 서서 뒤를 돌아보거나 자세를 바꾸어 되

돌아올 줄도 안다.

아이의 모습을 보고 있노라면 많은 것을 생각하게 된다. 30여 년 전 군대에서 훈련을 받을 때 '2보 이상은 구보' 라는 말이 생각난다. 아이는 이제 기어가는 것을 모르는 것일까? 한 번 걸어가는 재미를 붙인 손녀는 결코 기어 다니지 않는다. 마음이 급해서 발걸음을 빨리 옮길 때면 앞으로 넘어지는 한이 있더라도 결코 기어가지 않는다.

아이가 이렇게 걸을 수 있게 된 것은 어른들이 아이를 훈련시켜서 된 것이 아니다. 아이는 태어나서 가만히 천정을 보며 누워 있다가 몸을 뒤집고, 앉고, 서고, 넘어지고 또 넘어지고, 걷고, 넘어지고, 넘어지고, 또 넘어지다가 이제는 두 팔을 벌리고 앞으로 전진할 수 있게 되었다. 한 번 자신의 능력을 확인한 아이는 자신감을 가지고 날마다 열심히 걷고 있다. 따뜻한 봄날이 오면 아이는 예쁜 신을 신고 외출을 할 수 있겠지.

어른들은 그저 옆에서 박수를 쳐줄 뿐인데도 자기들이 아이를 키웠다고 생색을 내기에 바쁜 것 같다. 아이는 스스로 균형을 잡는 방법을 터득하고 오늘도 열심히 걷고 있다. 물론 내일은 더욱 잘 걸을 수 있겠지. 어른들이 아이들로부터 배워야 할 점은 정말 많은 것 같다.

오늘도 외손녀는 4시 30분경에 일어났다. 잠자던 침대에서 일어나 기침을 여러 번 하더니만 어른들의 반응이 없자 이번에는 엄마를 불러댄다. "엄마!, 엄마!"를 계속 부른다. 여러 번 부르니 딸아이가 아기를 안아주었다. 아직도 자기 아이를 제대로 돌보기가 힘이든 상황이라 딸아이는 아기를 데리고 거실에 있는 나에게 맡기고 다시 잠자기 위해 방으로 들어갔다.

요 며칠 사이에 외손녀는 코감기가 걸려 고생을 하고 있다. 어제부터는 기침을 자주 했다. 그런데 손녀는 오늘 아침도 어제처럼 두 시간 가까이 책을 보다가 안아 달라고 하기를 반복했다. 7시 가까이 되어서야 거실에 있는 작은 소파에서 토끼잠을 잤다.

아침 일찍 일어난 할아버지는 잠을 깬 상황을 이용해서 책을 읽고 있다. 우리가 퇴직한 이후에 새롭게 전개되는 긴 인생을 유익하고 보람있게 보낼 수 있는 길을 안내해 주는 책들이다. 어떻게 노년을 맞이하고 가족관계를 유지해 나갈 것인가를 공부하고 있다.

힘을 내야 할 세대가 바로 정년퇴직을 한 젊은 할아버지들이다. 무엇인가에 몰입할 수 있는 것을 찾아야 할 때인 것 같다. 사회봉사를 하든가 아니면 손자 손녀를 돌보는 일에 참여하는 것이 좋다. 아무 일 없이 지내면 건강과 정신에 도움이 되지 않는다고 한다. 이럴 때도 격대교육은 여러 모로 조부모와 손자녀 모두에게 도움이 되는 교육방법인 것 같다.

결국 감기에 걸린 손녀는 콧물을 흘리면서 할아버지 품에 안겼다. 손녀가 이 할아버지를 너무 사랑해서(?) 자기를 안고 두 시간을 버티게 만들었다. 그래도 식구들이 잠이 깨면 아기는 방긋 웃으며 모두의 사랑을 받고 있다.

10. 혼자서 책을 읽기 시작하다? 2010. 12. 24(금)

최근에 외손녀는 혼자서 책을 들고 무어라 중얼거리면서 좋아한다. 어른들이 읽어 주던 모습을 기억하면서 따라해 보는 것 같다. 혼자서 책을 들고 소리 내어 읽어(?)가는 모습은 보기가 좋다. 때로는 자기가 좋아하는 동물이 나오는 책을 들고 동물 이름을 부르면서 좋아한다.

책을 보다가 싫증이 나면 이번에는 그 책을 들고 자기 엄마나 할아버지에게 와서 책을 들이대면서 읽어 달라고 요구한다. 모른척하고 있으면 책을 턱밑까지 들이대면서 졸라댄다. 책을 넘겨주고 나서는 할아버지 무릎에 앉아서 책을 읽어 주기를 기다린다. 그 모습이 귀엽고 사랑스럽다.

아이는 책 내용을 벌써 다 알고 있는 것 같다. 책 오른쪽 페이지의 마지막 문장을 읽다보면 아이는 어느새 책장을 넘긴다. 처음에는 할

아버지가 책장을 넘겨주었는데 지금은 아이가 알아서 책장을 넘기고 있다. 이때까지 자기가 들어서 알고 있는 내용이라서 그런가 보다. 이것을 보면 아이들은 어른들이 책을 여러 번 읽어주면 그 내용을 자신의 머릿속 기억장치에 저장해 두는 것 같다. 책 읽어 주기의 중요성을 깨닫게 된다.

책 읽어 주는 사람이 공통적으로 경험하는 어려움은 아이가 책을 반복해서 읽어 달라고 하는데 있다. 책 한 권을 끝까지 다 읽어주면 이번에는 또 다시 책 첫 페이지를 펴고서 다시 읽어 달라고 한다. 한 번 시작한 책 읽어주기는 적어도 다섯 번 정도는 반복되고 나서야 끝이 난다. 그 이후에야 자기가 좋아하는 장난감을 가지고 혼자서도 잘 논다. 같은 내용을 반복해서 읽어 주어야 하는 일은 조부모들을 지치게 한다.

대부분의 가정에서도 그러하겠지만 아이들은 스스로 책을 읽을 수 있을 때까지 책 한 권을 수십 번 정도 반복해서 듣게 된다. 어른들의 수고와 희생이 필요한 시기이다. 어른들이 책을 읽어주면 아이는 올바른 언어를 배우게 된다. 책을 읽어주는 어른들도 어린 시절로 돌아갈 수 있는 기회가 된다.

나는 아이들이 성장하는 것을 콩나물 기르기에 비유하기를 좋아한다. 이름하여 '콩나물 이론' 이다. 콩나물시루에 물을 주면 콩나물이 금세 커지지는 않지만 며칠 지나면 몰라보게 자란다. 아이들이 지금은 어려서 잘 모르는 것 같아도 반복해서 이야기를 들려주고 사물의 이름을 이야기해 주다보면 어느 시점이 지나면 아이의 입에서 사물의 이름이 흘러나오고 책의 내용을 이야기할 수 있게 된다. 반복적인 책 읽기와 이야기 들려주기를 통해 아이의 언어능력과 지식이 쑥쑥 커가게 되는 것이다.

끈기를 가지고 아이를 돌보는 것은 아이의 미래에 크게 투자하는 것과 같다. 어른들의 작은 수고가 아이에게는 큰 열매로 결실을 맺게 되는 것이다.

　어린 아이를 키우는 것은 힘든 일이다. 하지만 아이가 성장하면서 보여주는 모습은 어른들에게 큰 기쁨을 주기도 한다. 고생과 보람이 교차하면서 어른들은 아이를 키우게 된다.

　어제부터 외손녀는 또 다른 단어를 구사하기 시작했다. 간단한 단어라기보다는 하나의 문장에 가까운 말이다.

　"맘마 주세요."

　물론 정확한 발음은 아니지만 분명한 문장이었다.

　아이 엄마는 자기 아이가 하는 말을 듣고 놀라움을 금치 못하고 있다. 이처럼 첫돌을 갓 지난 아이는 날마다 새로운 모습을 보이고 있다. 아이가 건강하고 지혜롭게 성장하는 모습은 아이 엄마를 즐겁게 해 주고 있다.

　올해도 더욱 건강하고 지혜롭게 자라기를 기도한다.

지난 주말에는 외손녀와 떨어져 지내게 되었다. 사위가 주말에 집으로 오는 날이었기 때문이다. 사위가 집에 머무는 동안 나는 자유롭게 지낼 수 있다. 사위가 주말에도 회사에 출근을 하게 되면 나는 아이와 딸을 보살펴야 한다.

모처럼 3박4일 동안 집을 비우고 강릉에 있는 아내에게 다녀왔다. 집으로 돌아온 월요일 저녁 외손녀는 오래간만에 할아버지를 보자마자 '하부지' 하면서 뛰어와 안겼다. 그때까지만 해도 기분이 좋았다. 그 이후로 아이는 할아버지가 자기 눈앞에서 사라지기만 하면 큰 소리로 할아버지를 부르며 이리저리 돌아다니며 찾았다.

문제가 발생한 것은 화요일 저녁이었다. 아이가 저녁 9시 경에 잠자리에 들고나서 나도 거실에서 잠을 잤다. 곤하게 잠을 자는데 아이의 울음소리가 들렸다. 아이가 안방 자기 침대에서 자다가 깨어나 할아버지를 찾기 시작한 것이다. 시계는 새벽 1시를 가리키고 있었다. 안방에서 아이 엄마가 아이를 달래는 소리가 들렸다. 아무리 달래도 아이는 울음을 그치지 않았다. 결국 내가 안방에 들어가서 아이를 안고 거실로 나왔다. 아이는 할아버지 품에 안기자마자 울음을 그치고 잠을 자기 시작했다. 아이는 할아버지 품 안에서 잠을 자고 싶었던 모양이다.

잠시 후 잠이 든 아이를 침대에 눕히려고 하니까 아이는 바로 눈을 뜨고 울기 시작했다. 안아주면 잠을 자다가도 침대에 눕히려고 하면 다시 울기를 반복했다. 할 수 없이 내가 잠을 포기하기로 했다. 결국 나는 아이를 데리고 놀아주었다. 거실에 불을 환하게 켜고서 두 시간 남짓 아이와 함께 책을 읽거나 장난감을 가지고 놀아주었다.

새벽 4시가 가까워서야 아이는 다시 잠을 자기 시작했다. 잠이 깬 할아버지는 거실에서 책을 읽으며 아침을 맞았다. 결국 할아버지의 수면시간은 4시간도 안 되는 짧은 시간이었다.

수요일 저녁. 이번에는 아이가 9시 30분경에 잠이 들었다. 곧 이어서 나도 잠을 청했다. 잠결에 아이 울음소리가 들렸다. 11시 30분경에 아이가 잠에서 깨어나 침대에 앉아서 우는 소리였다. 자기 엄마가 달래도 역시 막무가내였다. 이번에도 할아버지가 나서서 해결했다. 아이를 안아주니까 또 다시 할아버지 품에서 잠을 청했다. 결국 아이는 거실 소파에서 새벽 내내 잠을 자다 깨다를 반복한 후에 6시 경부터 곤히 잠을 잤다. 할아버지는 아이를 안고 TV를 보면서 새벽을 깨웠다. 결국 할아버지의 수면은 2시간 정도였다. 일찍 자고 일찍 일어나는 할아버지는 절대적인 수면시간의 부족으로 피곤하다. 아이가 성장하면 나의 수면시간을 보상받아야겠다고 다짐한다.

아침 8시. 아이는 여느 때처럼 방긋 웃으며 아침인사를 한다.

"아이여 하세요?"

아이가 할 수 있는 아침 인사의 전부다. 온 얼굴에 미소를 머금으며 던지는 인사말에 할아버지는 지난밤의 피로를 말끔히 잊어버린다.

아이가 이틀 동안 할아버지를 괴롭힌 것은 아마도 지난 주말 할아버지가 자기를 남겨두고 먼 길을 다녀온 것을 이런 방식으로 응징(?)하는 것이라는 생각이 든다. 어쨌든 아이는 낮에는 천사처럼 잘 놀고 있다. 할아버지에게 작은 소망이 있다면 아이가 저녁에 제대로 잠을 자 주었으면 하는 것이다.

13. 싫어, 안 먹어, 안 할 거야!! 2011. 01. 11(화)

외손녀가 드디어 자기가 싫어하는 것에 대해 말로 표현하기 시작했다.

"싫어", "안 먹어"가 대표적인 언어이다.

식구들은 아이의 의사표시를 반가워하면서도 한편으로는 두려움에 사로잡혔다. 이제 갓 첫돌을 지난 아이가 자기 의사를 표현하기 시작하면 머지않아서 자기가 하고 싶은 것들도 표현할 것이기 때문이다. 많은 것을 배우고 많은 것을 깨우치게 되면 아이의 요구는 더욱 많아질 것이다. 그렇게 되면 어른들은 아이와 자주 의견교환과 더불어 논쟁을 벌여야 하는 일이 생기게 되는 것이 두려울 뿐이다.

이제는 제법 두 단어를 사용한 문장 표현이 자주 등장한다.

"맘마 주세요."

"아빠, 읽어 주세요."

"싫어, 안 먹어!"

이 가운데서도 '안 먹어' 라는 말은 밥을 먹지 않겠다고 표현할 때 뿐만 아니라 자기가 하기 싫은 일을 시키거나 부정적으로 답변을 할 때도 사용한다. '안 먹어' 라는 문장 하나면 모든 것이 통하는 형편이다. 아직은 구체적으로 구분해서 싫다는 표현을 하지 못하고 대표되는 언어를 사용해서 자기 의사를 밝히는 중이다.

뿐만 아니라 '네' 라는 말도 많이 사용하는데 이 말은 자기가 다른 사람에게 부탁하는 경우에 주로 사용한다. '책을 읽어 줄까? 라는 질문에도 고개를 끄덕이다가 요사이는 책을 읽어달라고 부탁하는 경우에 '네' 라는 말을 사용한다.

아침에 일어나면 자기가 좋아하는 책을 들고 와서는 '네' 라는 말과 함께 엉덩이를 들이대면서 할아버지 무릎에 앉는다. 모른 체하고 있으면 계속해서 '네' 를 반복한다. 그래도 자기가 원하는 대로 해주지 않으면 큰 소리로 '네' 라고 한다. 그 다음에는 마구마구 신경질을 낸다. 어쨌든 귀여운 녀석이다.

자기의 의사를 하나 둘씩 표현하는 방법을 배우면서 아이는 오늘도 씩씩하게 자란다. 감사한 일이다.

14. 울고 싶은 할아버지   2011. 01. 13(수)

외손녀는 태어나서부터 지금까지 엄마 침대에서 함께 잠을 잔 적
이 없다. 엄마 침대 옆에 있는 자기 침대에서 홀로 잠을 잔다. 할아버
지는 안방과 건넌방 사이에 있는 거실에서 잠을 잔다. 엄마가 비록
아이를 직접 안고 잘 수 없지만 엄마 옆에 아이를 둔 것은 외로움을
느끼거나 우울증에 걸리는 것을 방지하기 위함이다. 아이에게는 자
기 엄마의 숨소리와 목소리를 들으면서 잘 수 있는 환경을 만들어주
기 위함이기도 하다.

때로는 아이 울음소리 때문에 아이 엄마가 잠을 설치는 경우도 있
다. 아이 엄마의 고통스러운 몸부림에 아이가 깨기도 한다. 아이가
자다가 오줌을 싸거나 배가 고파 울 때도 아이 엄마는 아무것도 해
줄 수 없는 형편이어서 괴로울 수도 있다. 그래도 두 사람이 한 공간
에서 지낸다는 것은 긍정적인 면이 더 많아 보인다.

오늘 새벽 1시 30분경이다. 안방에서 잠자던 아가의 울음소리가
들렸다. 아기 엄마가 달래보지만 아이는 막무가내로 울어댔다. 조금
후에 이 초보할배가 아이를 안으려고 손을 벌렸지만 아이는 그마저

74

도 외면한다. 잠시 당황했다. 아이가 왜 할아버지를 피할까? 그것은 어제 저녁 10시부터 11시 30분까지 잠투정을 하는 아이에게 조금 홀대(?)를 했기 때문일지도 모른다는 생각이 들었다. 자신을 홀대한 할아버지의 행동을 아이가 기억하고 할아버지를 피했던 것 같다.

심각한 사건은 그 이후에 벌어졌다. 아이는 깊은 잠을 자지 못하고 10분 단위로 깨어나 안아 달라고 했다. 잠이 든 것 같아서 침대에 누이면 아이는 금세 일어나 안아 달라고 울어댔다. 이렇게 아이와 씨름하기를 아침 7시까지⋯. 그 사이 아이는 1시간 잠자는 횟수가 2번. 20분 잠자는 횟수가 2번. 1시간 30분 잠자는 횟수가 1번이었다. 나머지 시간은 할아버지 품에서 잠을 자는 시간이었다. 덕분에 나는 쪽잠을 자야 했다.

이런 일이 반복되는 데는 그만한 이유가 있다. 아이가 잠을 자다가 깨거나 울 때 어른들이 곁에서 가볍게 토닥여주기만 해도 아이는 다시 잠을 자는 경우가 많다. 그러나 아쉽게도 서현이는 그런 보살핌을 받지 못한다. 엄마와 한 방에서 잠을 자지만 엄마의 손이 닿지 못 하는 공간에서 잠을 자기 때문이다.

아침이 되자 아이는 여느 때와 다름없이 맑은 목소리로 종알거린다. 아침 7시 30분에 일어난 아이는 할아버지를 쳐다보며 웃는다. 이 모든 행동이 아이가 기분이 아주 좋다는 신호다.

밤새 아이와 전쟁을 치르고 나니 온 몸이 아파왔다. 할 수 없이 오후에 내과에 가서 주사를 맞고 약을 처방받았다. 어제 저녁에는 정말 울고 싶은 마음뿐이었다. 그러나 아무리 힘들게 고생을 시켜도 아이는 영원한 나의 사랑임은 변함이 없다.

15. '바방'을 멘 아이　　　　　　2011. 01. 27(목)

외손녀는 가방을 어깨에 메는 것을 좋아한다. 며칠 전부터 거실 소파에 둔 작은 가방을 가리키며 '바방'이라고 말을 하는데 알고 보니 그것이 바로 가방이었다. 아이가 '바방'이라는 말을 하는 것은 그 가방을 메고 싶다는 표현이었다.

오늘도 아침에 일어나자마자 가방을 찾더니만 가방을 어깨에 메고 열심히 집안을 돌아다닌다. 아직 걸음걸이가 완전하지 않아 뒤뚱거리면서도 아이는 자랑스럽게 가방을 메고 온 집안을 돌아다닌다. 물론 가방 안에는 아무것도 없다. 그렇지만 아이는 가방을 멘 자기의 모습에 스스로 대견해 하고 있다.

"서현아, 가방을 메고 어디 가니?" 하고 물으면

"각꼬"라고 대답을 한다. 물론 "학교에 갑니다."로 말을 했겠지만 어른들이 듣기에는 그저 "각꼬"일 뿐이다.

할아버지 무릎에 앉아서 책을 읽어 달라고 할 때도 가방은 언제나 아이의 어깨에 메어 있다. 세수하러 갈 때는 간신히 가방을 내려놓는다. 세수가 끝나면 또다시 가방을 메고 돌아다닌다. 가방과 아이

는 언제나 함께 움직인다.

생각해보면 아이 엄마가 어릴 때 1년 6개월 뒤에 태어난 동생 때문에 일찍부터 자기가 필요한 용품을 가방에 넣어 어깨에 메고 다녔다. 아내가 두 아이를 데리고 다니는 방법 중에 가장 좋은 것이 큰 아이에게는 아이가 필요한 물건들을 가방에 넣어 아이에게 메고 다니게 하는 것이었기 때문이다.

그런데 손녀가 30여 년 전에 자기 엄마가 했던 행동을 기억하는 것일까? 외손녀는 자기 엄마가 어렸을 때 보였던 행동을 판박이로 보여주는 경우가 많다. 그런 손녀를 보고 있노라면 할아버지의 마음은 30여 년 전으로 돌아가게 된다. 내일은 무슨 일로 아이가 할아버

지에게 기쁨을 줄 것인지 기대가 된다.

16. 달콤한 첫 키스 2011. 03. 09(수)

어제는 손녀로부터 첫 키스를 받았다. 어른들이 "뽀뽀"라고 하면 입술을 삐죽 내밀면서 "쪽" 소리만 내던 아이가 드디어 할아버지 뺨에 입술을 대고 뽀뽀를 해 준 것이다. 그러나 그것도 자기가 기분이 내켜야 해주는 아주 비싼 뽀뽀다.

지금까지는 아이의 위생을 생각해서 그냥 재미로 했던 말이 바로 뽀뽀였다. 어른들이 아이에게 볼 뽀뽀만 해주었다. 마음 같아서는 아이와 입을 맞추고 싶었지만 그냥 참았던 손녀와의 뽀뽀는 기습적으로 일어났다. 어른들은 아이의 뽀뽀를 한 번 받아 보려고 애걸복걸하지만 결정은 오직 아이가 내리고 행동할 뿐이다.

아직 자기의 생각을 말로 표현하는 데 서툰 아이로만 생각하다가도 어느 날 갑자기 한두 마디의 말을 할 때는 아이는 계속적으로 자라고 있다는 것을 느낀다. 어른들은 그저 아이에게 먹여주고, 안아주고, 재워주는 것밖에 없는데도 말이다.

다음에는 무엇으로 어른들을 놀래주고 행복하게 해줄 것인지가 기대된다. 아가야 잘 놀고, 건강하게 자라다오.

어제는 딸 식구들과 함께 대전에서 강릉까지 장거리 여행을 했다. 어린 아이와 함께 장거리 여행을 할 때는 특별히 아이의 상태에 대해 신경을 많이 써야 한다. 다행스럽게도 손녀는 자동차를 타고 여행을 할 때면 대개 30분 정도 지나면서 잠을 잔다. 특히 4시간이 넘는 장거리 여행에서는 아이는 부족한 잠을 차 안에서 해결하는 경우가 많다. 교통 혼잡을 피해서 일찍 출발하는 경우 아이는 충분한 아침잠을 자지 못하기 때문이다.

여주휴게소에 잠시 들러 휴식을 취했다. 아이가 좋아하는 책 몇 권을 사서 그 중에 한 권을 아이에게 주었다. 아이는 그 책을 손에 쥐고 자동차에 올랐다. 아이를 카시트에 앉히기 위해 아빠가 책을 잡자마자 아이가 말했다.

"책 볼 거예요"

책을 뺏지 말라는 말이다.

여행의 후반부 2시간 동안 아이는 아무 말 없이 책장을 넘기면서 조용하게 지냈다. 책을 보다가 지치면 손가락만 움직이면서 혼자서 놀았다.

이제는 제법 말을 잘하는 아이, 아직 발음은 정확하지 않지만 적어도 자기 의사는 제대로 표현하기 시작했다. 봄기운이 대지를 감도는 4월에 아이도 건강하고 지혜롭게 자랐으면 좋겠다.

18. 밥 먹을 거예요!　　　　　　　2011. 04. 26(화)

　　아이가 자기 엄마에게 숟가락을 달라고 했다. 평소에는 자기 숟가락을 찾지 않던 아이의 요구에 어른들은 이상하게 생각하였다. 숟가락을 건네주자 이번에는 "밥 먹을 거예요!"라고 말을 했다. 얼른 눈치를 채고 아이 앞에 밥을 갖다 주니 아이는 어설프게나마 숟가락으로 밥을 떠먹기 시작했다. 한 숟가락의 밥을 떠서 입으로 가져가면 그 중에 절반은 바닥으로 떨어지는 어설픈 숟가락질이었다. 물론 밥 한 그릇을 먹는 데는 많은 시간이 필요했고, 밥 그릇 주변은 떨어진 밥으로 너저분하게 되었다. 스스로 밥을 먹기 시작한 것이다. 아이가 언어는 또래 아이보다 뒤처지지 않은데 혼자서 밥을 먹는 동작은 조금 느린 것 같아 우려를 했던 어른들의 걱정이 한 순간에 사라졌다.

　　그날 이후로 아이는 식사 때가 되면 자연스럽게 자기 밥그릇을 받아들고 혼자서 밥을 먹고 있다. 물론 입으로 절반, 나머지 반은 바닥으로…… . 그동안 즐겨 먹던 두유는 이제 간식 정도로만 먹을 뿐 식사 시간에는 어른들과 한 자리에서 즐겁게 밥을 먹고 있다.

　　아이의 성장은 시기가 있는 것 같다. 어른들이 아무리 급해도 아이는 때가 되어야 어느 수준에 도달하기 때문에 자칫 이웃 아이들과 비교해서 빠르다거나 늦다고 생각하는 일은 자제해야 한다. 조금 늦더라도 결국에는 세월이 지나면 모두가 같은 수준에 도달할 수 있기 때문이다. 인생의 긴 여정을 고려해 보면 나중에 누가 더 잘하는지는 스스로의 노력에 달려 있다. 무슨 일이든지 포기하거나 대충하지 아니하면 어느 수준까지는 도달할 수 있는 능력이 인간에게 주어진 것 같다.

"밥 먹을 거예요!" 라는 손녀의 외침은 "저도 이제 스스로 밥을 먹을 수 있을 만큼 자라났어요!" 라는 주장으로 들린다. 장하다.

19. 지퍼 올리기   2011. 05. 12(목)

어제는 비가 오는 바람에 아이는 집에서 지냈다. 호기심이 많은 아이는 집안 구석구석을 다니며 물건을 만지고 놀았다. 장난감을 가지고 놀다가 싫증이 나면 할아버지에게 업어달라고 했다. 어른들도 하루 종일 집에 있다는 것이 쉬운 일이 아닌데 아이에게는 힘든 시간이었다.

한참을 놀던 아이가 갑자기 봄 점퍼를 입겠다고 말했다. 옷을 입혀주고 나서 지퍼를 올려주려고 하자 아이는 나의 손을 뿌리쳤다. 자기 스스로 지퍼를 올리고 싶어서였다. 혹시나 울기 위한 전초전인가 싶어 조심스럽게 바라보았더니 아이는 금세 지퍼 올리기에 열중하는 것이었다. 아직 손동작이 어색하여 지퍼를 제대로 연결하지 못한다. 어른들이 하던 모습을 흉내내는 것에 불과했다.

한참을 시도해 보았으나 제대로 지퍼를 연결시키지 못 했다. 지퍼 연결하는 것을 도와주려고 하자 아이는 거부했다. 그렇게 30여 분 동안 아이는 혼자서 지퍼를 연결하려고 노력했다. 짜증을 내거나 다른 사람의 도움을 구하지 아니하고 즐겁게 놀이하는 것처럼 지퍼를 연결하기 위해 두 손을 조물거렸다.

옆에서 지켜보던 어른들이 지쳐서 다른 일을 하는 동안에도 아이는 쉬지 않고 지퍼를 연결하는 첫 단계의 일을 계속 시도했다. 35분 가까이 지나서야 아이는 지퍼를 연결하는 것을 포기했다.

그러더니 『아기돼지 삼형제』를 읽어달라고 책을 가져왔다. 아이가 한 가지 일에 이렇게 집중하는 모습을 바라보면서 어떻게 키워야할지 어른들은 진지하게 고민을 해야 한다.

건전한 집중과 잘못된 집착을 구분해 주면서 아이를 키워야 한다는 생각이 들었다.

20. 산책을 후회하다   2011. 05. 20(금)

손녀가 태어나고 1년 6개월이 다 된 지금도 딸은 산후풍으로 고생을 하고 있다. 남들은 모두 봄이 왔다고 가벼운 옷차림으로 바꾸고 있지만 딸은 아직도 두꺼운 겨울옷을 벗지 못 하고 있는 형편이다. 보다 못 한 내가 딸에게 제안을 했다. 너무 집에만 있으면 병을 극복하기가 어려울 것이니 가벼운 산책을 하자는 제안이다. 우리는 집 근처에 있는 작은 동산을 다녀오기로 했다. 처음 며칠 동안은 10-20미터 정도 높이의 동산을 천천히 걸어 다녔다. 천천히 걸어서 10분 정도 걸리는 거리였다. 딸의 건강도 챙기고 덕분에 나도 운동을 할 수 있어서 기분이 좋았다. 우리는 많은 대화를 나누었다. 일주일에 한 번 정도는 집 앞에 있는 야산으로 산책을 했다.

그러다가 30일 정도 산책을 다니던 우리는 산책을 중단했다. 딸의 건강이 갑자기 악화된 것이었다. 밤에 잠을 제대로 잘 수 없을 정도로 아팠기 때문이다. 찬바람을 쐬는 것도 몹시 힘들어 할 정도였다. 결국 우리의 산책은 끝이 났다. 나는 산책이 오히려 딸의 건강에 나쁜 영향을 준 것은 아닌지 미안한 생각이 들어서 마음이 아팠다.

그 후로도 딸의 건강은 호전되지 않았다.

21. 노아야 커피 마셔라　　　　　　2011. 07. 16(토)

아침에 손녀가 일어나서 혼자서 CD를 듣고 있었다. 성경 이야기 CD다. 커피를 한 잔 타서 아이 옆에 앉으니까 아이가 한마디 한다.

"하나님이 노아에게 배를 만들어라 했어요."

그러고는 옆에 있는 나를 돌아보더니 다시 한 마디 한다.

"하나님이 노아야 커피 마셔라 했어요."라고 말이다.

깜짝 놀랐다. 아이 입에서 이 정도의 문장이 나올 줄은 예상치 못했던 일이라 크게 웃었다. 그 소리를 방에 있던 아이 엄마가 듣고 나와서 한 마디 보탰다.

"아가야 너무 진도가 빠른 것 아닌가?"

그렇다 이제 겨우 생후 19개월 밖에 안 된 아이의 입에서 나오는 문장 치고는 난이도가 높은 것이라고 생각이 된다. 어쨌든 아이는 요사이 새로운 낱말을 배우고 새로운 문장을 만드느라 바쁘다.

이 무더운 여름에 건강하게 자라다오.

22. 자기 스스로 신발을 제대로 신은 날　　2011. 09. 08(목)

아침에 잠자리에서 일어난 아이는 아파트 출입문으로 가서 자기 신발을 한참동안 들여다보고 있다. 어제 저녁에 자기가 정리해 놓은 신발에 이상한 것을 발견한 모양이다. 아이는 집에 들어오면 항상 자기 신발을 잘 정리해 두는 습관을 가지고 있는데 자기가 정리한 모양과 달라져 있었기 때문이다. 어제 저녁 아이가 자는 동안 할아버지가 일부러 신발을 좌우로 바꾸어 놓은 것을 아이가 발견한 것일까. 나는 아무 말 없이 아이 곁에서 어떻게 하는지 지켜보고 있었다. 신발을 들고 요리조리 살펴보던 아이가 좌우를 정확하게 구분해서 신발을 신었다.

손녀가 처음으로 혼자서 신발을 신은 것은 4개월 전인 5월 중순경이었다. 그 후로는 어른들의 도움 없이 스스로 신발을 신고 있다. 물론 좌우신발을 구분하지 못 해 어른들이 도와주기는 하지만 아이는 신발을 신는 것을 비롯해 옷을 입거나 양말을 신을 때도 스스로 하는 것을 고집한다.

혹시라도 어른들이 도와주려고 하면 아이는 어김없이 외친다.

"싫어, 내가 할 거야."

아이의 이런 모습은 자기 엄마가 어릴 때와 흡사하다. 귀여운 아이의 모습이다. 오후에 딸아이에게 말을 했더니 아이는 위와 아래, 앞과 뒤, 왼쪽과 오른쪽 등에 대해 구분해서 말할 수 있고, 구분해서 물건을 찾을 수 있다고 했다. 우리 식구들은 아이의 성장과 관련해서 특별한 일이 있을 때는 항상 그 상황을 공유한다.

요즘은 부쩍 어른들의 말을 따라서 하는 경향이 강해졌다. 어른들이 말을 하면 금세 따라서 해 버린다. 짧은 것은 두 문장 정도는 그자리에서 따라서 반복할 줄 아는 것 같다.

이번 추석에 강릉에 계신 친할머니댁에 다녀온 외손녀는 많이 변해 있었다.

가장 많이 변한 것은 칫솔질이었다. 며칠 전까지만 해도 아주 싫어했던 칫솔질이었는데 할머니댁에 다녀온 후로는 칫솔질을 즐기는 것이었다. 지금까지 아이는 유아용 치약에서 풍기는 달콤함 때문에 칫솔질 흉내만 냈던 것이다. 지금은 자기 엄마가 어금니까지 골고루 칫솔질을 할 수 있도록 입을 크게 벌리고 있다.

두 번째로 변한 것은 어른들이 부르면 큰소리로 "예"라고 대답하는 것이다. 그전에는 그냥 웃기만 하거나 작은 소리로 "네"라고 대답하였는데……

세 번째로는 언어를 구사하는 능력이 향상되었다는 것이다. 추석 때 대구에서 올라오신 큰 어머니가 아이에게 "서현이는 언제부터 그렇게 똑똑했어요?"라고 물으니 두 손을 겨드랑이에 올리면서 하는 말이 "태어날 때부터 똑똑했어요."라고 대답을 했단다. 집에서는 한 번도 그런 대화를 한 적이 없었는데 아이가 누구한테 배웠는지 할머니와 식구들을 놀라게 했다.

이제는 어른들의 대화 내용을 알아차리고 스스로 행동하는 경우가 늘어나고 있다. 정말 아이 앞에서 말조심, 행동 조심을 해야 할 것 같다. 아이의 언어 발달이 빠른 것은 좋은데 아이의 언어 사용에 좋은 영향을 미치도록 더욱 신중해야 하겠다.

24. 외손녀의 독립선언 2011. 09. 18(일)

요즘 우리 집에서 심심찮게 들려오는 소리가 있다. 그것은 바로 "서현이가 할 거야!"라는 외손녀의 외침이다. 자동차를 타면 안전벨트는 본인이 채우겠다고 난리다. 아직은 어설퍼서 어른들이 도와주려고 하면 손사래를 치면서 외치는 소리는 항상 똑 같다.

"서현이가 할 거야!"

이 말은 30여 년 전에 많이 듣던 말이다. 30여 년 전 딸과 아들을 키울 때 아이들이 자주 하던 말인 "내가 할 거야."를 쏙 빼닮은 말이다.

외손녀의 독립 선언은 이제 겨우 시작에 불과하다. 신발을 신을 때도, 요구르트를 떠먹을 때도, 밥을 먹을 때도, 이제는 스스로 하겠다고 한다. 우리는 기다려 주고 격려해 주기로 했다. 비록 어른들의 눈에는 조금은 어설퍼 보이지만 실수를 통해 아이는 세상을 배워나가게 될 것이고 실수를 하는 만큼 성장해 나갈 것을 기대하고 있다.

세상을 살아가면서 언제나 어른들의 도움만 받으며 살아갈 수는 없는 일, 아이가 독립을 선언하기 시작하면 그에 걸맞는 어른들의 세심한 배려가 필요하게 되는 것 같다.

스스로 세상을 탐험하는 우리 서현이가 언제나 자기가 해야 할 일을 찾아서 잘 해결해 나갈 줄 믿어 의심치 않는다. 서현이 최고!

25. 8가지 재료로 만든 특제 주스와 국   2011. 09. 20(화)

우리 집 육아도우미이자 가사도우미인 나는 초보 요리사이다. 나는 매일 세 종류의 밥을 한다. 환자인 딸이 먹을 밥, 손녀가 먹을 이유식, 그리고 내가 먹을 밥이다. 그 중에서 가장 신경을 쓰는 것은 환자가 먹을 밥이다.

딸이 먹는 밥은 검은콩을 넣은 현미밥이다. 국은 묵은 김치, 콩나물, 표고버섯, 미나리 등 8가지 재료를 넣고 끓인 국이다. 딸이 아침마다 마시는 주스도 특별한 재료를 섞어서 만든 음료이다. 식초에 절인 검은 콩, 키위 등 8가지 재료를 넣어서 만든 음료다. 그러다 보니 나의 아침은 아주 바쁘다. 식사를 준비하는 데 2시간 가까이 소요된다.

세 사람의 가족이 먹을 아침을 준비하는 동안에도 손녀가 일어나면 정말 바쁘게 움직여야 한다. 손녀의 비위를 맞추면서 세 가지의 아침 식사를 준비해야 하기 때문이다.

손녀를 어린이집에 보내고 나서 설거지를 하고 집안 청소를 한다. 물론 빨래도 나의 몫이다. 비록 몸은 바쁘지만 나는 즐겁게 이 일을 해낸다. 나의 이런 수고를 통해 딸의 건강이 하루라도 빨리 회복되었으면 바람을 가지고 식사 준비를 한다.

26. 기나긴 일주일 2011. 10. 16(일)

지난 주간에는 모처럼 날을 잡아 집필 중인 책을 쓰는 데 필요한 자료 수집을 위해 금강 줄기를 따라 2번을 여행했다. 화요일에는 공주를 거쳐 칠산-한산-홍산 지역을 돌아다녔다. 수요일에는 금강 하류 지역의 전라북도를 순회하면서 교회를 방문해서 사람들을 만나고 자료를 수집했다.

문제는 수요일 저녁부터였다. 딸이 극심한 고통을 호소했다. 산후풍으로 고생하는 딸이 갑자기 팔과 손이 아프고 손에 힘을 줄 수 없는 상황이 벌어졌다. 최근에는 상태가 많이 호전되는 듯해서 가족들이 완쾌되는 날을 기다리고 있었던 터라 크게 당황했다. 결국 목요일과 금요일은 외부 일정을 중단하고 사무실에서 자료를 정리하면서 아이의 상황을 지켜보았다.

설상가상이라고 해야 하나 보다. 금요일에는 외손녀가 감기에 걸렸다. 저녁에는 자주 깨면서 울어댔다. 손녀를 겨우 달래서 잠을 재운 후 나는 지친 몸으로 잠자리에 들었다. 밤 12시 경, 딸이 통증으로 잠을 잘 수 없어 고통을 호소하였다. 나도 잠에서 깨어나 이것저것

시중을 들고 있는데 이번에는 손녀가 잠을 깨서 일어났다. 새벽 3시 30분경이었다. 아이는 아침 8시 30분까지 할아버지에게 책을 읽어 달라고 조르다가 안아달라고 하면서 함께 지냈다. 결국 나는 2시간 정도 잠을 잘 수 있었다.

딸의 통증은 토요일까지 이어지다가 토요일 오후가 되어서야 조금 가라앉았다. 이 바람에 토요일 오후 원주에서 만나기로 약속했던 사람에게 사과의 문자를 보내야 했다. 어렵게 성사된 약속이었는데 정말 아쉽게 놓쳐버렸다.

토요일 저녁 서울에서 근무하는 사위가 내려왔다. 저녁 식사 후에 네 식구가 모여서 맛있게 과일을 먹으면서 잠시 웃을 수 있어서 다행이었다.

27. 손녀와의 1박 2일   2011. 10. 27(목)

어제는 딸아이가 병원에 갔다. 서울의 대형병원에 진료 예약이 이루어져서 아침 일찍 집을 나섰다. 지난 2년 동안 몸이 좋지 않아 여러 가지 방법을 동원해서 치료해 보았지만 아직까지 뚜렷한 차도가 없던 차에 갑자기 이루어진 진료여서 기대를 가지고 병원으로 갔다. 진료는 오후 2시 경에 끝이 나고, 다음 진료(검사, 진료) 날짜 약속을 잡았다고 전화 연락이 왔다.

딸이 서울에 다녀오는 동안 나는 손녀를 어린이집에 보내놓고 하루 종일 집에서 지냈다. 병원에서 어떤 진단을 받을지 놀라 노무시 일이 손에 잡히지 않았다. 혼자서 그냥 멍하니 집안을 돌아다니며 천정만 쳐다보았다. 내가 아픈 딸에게 해 줄 수 있는 것은 아무것도 없다는 사실이 가슴 아팠다.

오후 6시 경에 외손녀를 어린이집에서 데리고 와서 아파트 단지 주변을 자동차로 한 바퀴 돌았다. 아직까지 아이는 엄마가 병원에 간 사실을 모르고 있어서 그런지 자동차를 타고서는 좋아서 야단이었다. 저녁을 먹고 아이와 함께 놀고 있는데 딸로부터 문자가 왔다.

"몸이 좋지 않아 여기서 저녁 먹고 자고 내일 내려갈게요."

분당에서 살고 있는 막내 외삼촌 집에서 하룻밤을 지내고 올 거란 말이다.

아이는 밤 12시에 잠자리에 들었다. 무언가 표현을 하고 싶은 것이 있는 듯 보였으나 아이는 끝내 아무 말도 하지 않고 잠자리에 들었다.

아침 7시, 아이는 잠에서 깨어나 엄마를 찾았다. 거실에서 안방으로 가서 아이를 보니 아이는 "아니야"를 외친다. 할아버지를 거부하는 몸짓이다. 그러나 그것도 잠시, 아이는 할아버지 품에 안겼다. 아이가 지금 이 상황을 알고 있는 것일까? 아침을 먹고 어린이집에 갈 때까지 아이는 단 한 번도 엄마를 찾지 않았다. 이 상황을 기뻐해야 할까? 그렇지 않으면 슬퍼해야 할까 판단이 서지 않는다.

이 글을 쓰는 지금은 아이는 어린이집에서 놀고 있고, 아이 엄마는 곧 출발한다고 전화를 했다. 한 집안에 환자가 있다는 사실은 경제적인 문제를 떠나 많은 사람들을 힘들게 한다. 그러나 모든 가족은 그 환자가 하루 빨리 완쾌하기를 기도하면서 서로의 작은 불편함도 잘 참고 살아간다.

외손녀와의 1박 2일은 성공적(?)이었다. 오늘 저녁이면 아이는 엄마 품에서 재롱을 부리겠지.

28. 아빠가 최고! 2011. 10. 30(일)

가정에서 아버지의 위치는 세월이 지나도 변하지 않는 것 같다. 요사이 여권이 신장되어 가정 내에서 어머니의 역할과 발언권이 많이 커졌지만 아이들에게 있어서는 아버지의 존재는 결코 무시할 수 없는 것 같다.

손녀는 평소에는 할아버지를 제일 잘 따르고 좋아한다. 아침에 일어나서 1시간 정도, 잠이 깰 시간까지는 엄마를 찾고 그 이후 저녁에 잘 때까지는 할아버지를 가장 먼저 찾는다.

최근 들어서 외손녀는 자기 아버지에 대해 관심을 갖기 시작했다. 주말에만 만나는 아빠지만 아이는 가족 중에서 자기 아버지를 가장 좋아한다. 그러던 중 최근에는 자기 아버지가 우선순위 1번에 있다는 것을 느끼게 해 주는 일들이 생겼다.

첫째, 아침에 일어나면 아빠에게 매달린다. 밥을 먹을 때도 아빠가 먹여주어야 하고, 아빠를 부를 때는 옆에서 간지러울 정도로 애교가 가득한 목소리를 낸다. 그럴 때면 무뚝뚝한 아빠도 어느새 아이와 목소리가 비슷하게 변해간다.

둘째, 요사이 아이는 우리 집에서 누가 제일 좋으냐고 물으면 거침없이 '아빠'라고 대답한다. 불과 몇 주 전까지만 해도 '엄마'가 우선순위 1번이었는데 지금은 숨도 쉬지 않고 '아빠'를 외친다.

이런 아이가 아빠가 직장으로 가고 나면 아이는 언제 그랬느냐는 듯이 표변한다. 이번에는 할아버지 뒤를 졸졸 따라다닌다. 당연히 할아버지가 제일 좋다는 말을 하면서 따라다닌다.

누가 아이의 마음을 움직였을까? 그것은 아마도 태어날 때 자기 아버지의 핏줄을 이어받은 것 때문이리라고 생각해본다. 아이가 자라면서 불러보는 '아빠'는 그냥 부르는 소리가 아니라 가슴 깊은 곳에서부터 우러나오는 그 무엇인가가 있는 것 같다.

아이의 이런 모습을 보노라면 아이가 정상적으로 성장해가는 것 같아서 너무 기쁘다. 물론 그 시간 동안 나의 일을 하면서 휴식을 취할 수 있어서 더욱 좋다.

　　요즘 내가 가장 많이 신경을 쓰는 것은 요리다. 아픈 딸과 함께 지내면서 어쩔 수 없이 시작한 요리사의 일이다. 딸은 아직도 자기 몸을 제대로 가누기도 힘든 상태라 식구들의 식사준비는 나의 몫이기 때문이다. 밥은 그런대로 잘 하는 편이다. 그러나 반찬을 준비하는 것은 손이 많이 가는 일이어서 나 같은 초보 요리사에게는 매우 어려운 일이다. 젊어서 반찬을 직접 만들어본 적이 없는 나로서는 제일 힘든 일이다. 게다가 평소에 우리 집에는 3명이 살고 있는데 각기 다른 밥과 반찬을 먹어야 하기 때문에 반찬을 준비하는 것이 제일 힘든 일이다. 이제까지 아내가 만들어준 반찬을 잘 먹으며 30년을 넘게 살아오던 내가 갑자기 반찬을 맛있게 요리한다는 자체가 무리다.

　　내가 태어나서 제일 처음 계란 프라이를 한 것이 3주 전이다. 이제는 좀 더 다양한 요리에 도전하고 있다. 물론 요리 제목과 레시피(recipe), 그리고 요리 방법과 순서에 이르기까지 전 과정에 대한 코치는 딸아이의 몫이다. 나는 그저 재료를 준비하고, 시키는 대로 요리를 할 뿐이다. 준비하는 과정은 서툴고 어렵다. 이럴 줄 알았으면 요리학원에 등록해서 요리를 배워두었으면 좋았을 것이라는 생각이 들기도 한다. 그러나 아이가 맛있게 먹는 모습을 보면 내 자신이 대견스럽다.

　　요즘 내가 해 준 음식에는 버섯 부침개, 두부 부침개 두 종류이지만 매주 한 가지 정도는 새로운 메뉴를 개발해 볼 생각이다. 무엇보다 내가 가장 바라는 것은 하루 빨리 딸아이의 건강이 회복되는 것이다. 나는 요리부분에서는 메인이 아니라 보조자의 자리를 굳건하게 지키고 싶다.

며칠 전에는 딸의 코치를 받으며 파프리카로 요리를 했다. 파프리카와 버섯을 섞어서 반찬을 만들었다. 보기에는 어설프지만 맛은 괜찮다는 평을 받고 있다. 제일 중요한 평가자는 바로 외손녀……. 외손녀는 할아버지가 만든 반찬을 한 입 먹으면서

"아 참 맛있다."를 연발한다.

몇 십분 동안 노력해서 만들어준 보람이 있다. 아마도 가정을 지키는 여인들이 이 맛에서 가족들에게 반찬을 만들어주는가 보다. 내일도 아이를 위해 새로운 반찬을 만들어야 한다.

30. 할아버지는 커피 드시고　　　2011. 12. 12(월)

안방에서 손녀와 딸이 자는 것을 확인한 후 12시가 넘어서 나도 거실에서 잠을 잤다. 잠결에 안방에서 자던 손녀의 울음소리를 들었다. 시계를 보니 새벽 2시 20분이었다. 조금 후에 손녀가 울면서 할아버지를 찾아왔다. 안아 주니 울음을 금방 그친다. 눈이 말똥말똥하다. 잠을 잘 기색이 전혀 없다.

책을 읽어 달라고 한다. 잠시 후에는 우유를 달라고 한다. 아이가 다시 우유를 달라고 한다. 컵에 우유를 따라주면서 나도 한 모금 마시자 아이가 나를 쳐다보며 한 마디 건넨다.

"할아버지는 커피를 드시고, 서현이는 우유를 마신다."

깜짝 놀랐다. 어디서 이런 문장에 만들어져서 입으로 나오는지 신기할 따름이다. 이런 소리를 들을 때마다 힘든 상황은 순식간에 종료가 된다. 이렇게 3시간을 함께 놀았다.

31. 외손녀의 투정　　　　　　　　2012. 01. 15(일)

요즘 아이는 낮잠을 자고 나면 저녁에는 늦게 잠을 자는 경우가 많다. 아이가 낮잠을 자는 것이 건강에 좋은 줄은 알지만 어른들은 항상 두려워한다. 어른들의 우려는 현실이 되어 나타났다.

교회에 다녀오는 차 안에서 잠을 자던 아이가 집에 도착할 즈음에 깨어났다. 집에 도착하자마자 아이는 슬슬 투정을 부리기 시작하였다. 아이가 뱉어낸 말이 바로 "이제 더 이상 소꿉놀이 안 할 거야!" 이다. 어른들은 영문도 모르고 아이를 바라보았다. 혹시 교회에서 친구들과 소꿉놀이를 하다가 속이 상한 것이 있어서 그런가? 아니면 잠이 부족해서 투정을 부리는지 알 수가 없어서 아이를 달래주었다.

20분쯤 온 집안을 돌아다니던 아이가 목이 마른지 "할아버지 우유 주세요."라고 했다.

최근에는 며칠 밤을 12시 전후로 해서 취침해서 아침 8시까지 자는 착한 모습을 보여주었지만 평소에는 낮잠을 오래 자면 늦게 잠을 자기가 일쑤여서(새벽 3시에 잠자리에 든 적도 있음) 지금 이 할아버지는 긴장하고 있는 중이다. 아이의 낮잠을 두려워하는 할아버지의 마음을 아이는 언제쯤이면 알게 될까.

내일 스케줄은 온통 비워두어야 할까 보다.

32. 할아버지 오늘 바쁘세요?　　　　2012. 04. 28(토)

요즘 나는 두 가지 일로 바쁘다. 하나는 4월 13일 제주에 갔던 행사 영상을 편집하는 것이다. 퇴직 후에는 영상제작과 관련된 일은 하지 않고 있었는데 지인의 간곡한 부탁으로 영상제작을 하게 된 것이다. 이 일이 나를 일주일 가까이 고민하게 만들었다. 마감날이 다 되어서야 이렇게 잠을 줄여가면서 마무리를 하고 있는 중이다.

두 번째는 요즘 인터넷으로 공부하고 있는 '자기주도학습지도사 자격증' 취득 강좌 때문이다. 어제로 마감된 중간시험을 준비하느라 바빴다. 인터넷으로 강의를 듣고 책을 보고 공부하였지만 생소한 분야라서 개념잡기가 쉽지 않아 시간을 끌었던 것이다.

그래서 어제는 아이에게 "할아버지가 공부해야 하니까 서현이는 엄마하고 거실에서 놀아요."라고 말을 했다. 그런데 신기하게도 아이는 할아버지가 공부하는 방에 들어오지 않는 것이었다. 평소 같으면 5분에서 10분마다 한 번씩 "할아버지 뭐하세요?" 하면서 방문을 열고 들어오던 아이가 어제는 한 번도 할아버지가 공부하는 방에 들어오지 않았다.

밤 10시경 모든 걸 마무리하고 거실로 나가서 아이를 불렀더니만 아이 입에서 나오는 소리가 바로 "할아버지, 오늘 바쁘세요?" 였다. 바쁘다는 핑계로 할아버지만 바라보는 손녀와 제대로 놀아주지 못한 것이 마음에 걸린다.

이제 아이는 제법 세상과 소통할 수 있는 능력이 발달한 것 같다. 어른들이 진지하게 무슨 말을 하면 이처럼 자신의 행동을 자제할 줄 아는 아이로 자라나는 모습을 보면서 감사하고 또 감사하게 생각하게 된다.

33. 더 이상 가족은 없어요　　　　2012. 08. 22(수)

저녁 식사 후 외손녀는 지난 8월 초순에 놀러갔던 강원도 대관령 양떼목장 이야기를 꺼냈다.

"할아버지, 서현이는 양떼 목장에 갔어요."

"무엇을 보았나요?"

"양을 보았어요."

"양이 몇 마리 있었나요?"

"한 마리, 두 마리, 세 마리, 세 마리 있었어요."

잠시 침묵이 흐른 후 내가 물었다.

"서현이는 누구하고 양떼 목장에 갔어요?"

"엄마하고 갔어요."

"그리고 누구하고 갔어요?"

"할머니하고 갔어요."

"또 누구하고 갔어요?"

"할아버지하고 갔어요."

아이가 또박또박 대답을 하자 나는 내친 김에 한 번 더 질문을 했다.

"또 누구하고 갔어요?"

이번에는 조금 뜸을 들인 후 아이가 대답을 했다.

"더 이상 가족은 없어요."

아이는 양떼목장에 다녀온 식구들을 거론 한 뒤에 할아버지가 다시 질문을 하니까 이번에는 가족 외의 사람들은 모른다는 대답이다.

아이는 조금 후에 한 마디 했다.

"자동차를 타고 온 친구들은 있어요."

이렇게 해서 외손녀와 할아버지의 대화는 끝이 났다.

34. 먹자의 존칭어는 먹자요이다? 2012. 09. 05(수)

요즘 외손녀는 어른들에 대한 존칭어를 열심히 사용하고 있다. 대표적인 예가 바로 어른에게 말을 할 때는 언제나 마지막에 '요'를 붙인다고 생각하고, 그렇게 실천하고 있다는 점이다. 어제는 아이가 내 무릎에 앉아서 물었다.

"할아버지, 친구들한테 말할 때는 '요'를 붙이면 안 되고 어른들 힌데 말을 힐 때는 '요' 자를 붙여아 되지요?"

설명해도 아직 알아들을 나이가 안 되었다는 생각에 그렇다고 대답을 했다.

요즘 손녀가 자주 사용하는 말은
"할아버지 밥 먹자요."라든가
"할아버지 같이 가자요." 등이다.

아이가 말끝마다 '요' 자를 붙이는 것을 보면서 옛날이야기가 생각이 났다.
"아버님 머리님에 티끌님이 묻으셨어요."

모든 말에 '님' 자를 붙이기만 하면 존칭어가 되는 줄 착각했던 그러면서도 많은 것을 생각하게 하는 존칭어 사용법이다.

나름대로 자기의 눈높이로 세상을 바라보며 세상이 돌아가는 이치를 터득하느라 바쁜 외손녀의 생각이 아름답다.

어제 저녁 식사 후에 외손녀와 함께 노는 도중에 아이는 자기 엄마와 과학관에 다녀왔던 일을 기억하며 이야기를 해 주었다.

손녀 : "할아버지, 어제(사실은 두 달 전) 엄마랑 과학관에 갔다 왔어요."

할아버지 : "무엇을 구경했어요?"

손녀 : "첨단과학관을 구경했어요."

할아버지 : "첨단과학관에 무엇이 있어요?"

손녀 : "첨단과학관에는 지구본이 있어요."

할아버지 : "지구본이 무엇이에요?"

손녀 : "동그란 공인데 지도가 있어요."

할아버지 : "또 무엇을 봤어요?"

손녀 : "몸무게 재는 것을 봤어요."

잠시 후에 아이는 두 눈을 반짝이며 다시 말을 했다.

"엄마는 정말 아는 게 많아요!"

어른들이 아이들에게 자주 하는 말을 이번에는 아이가 어른을 향해 거침없이 해대는 형국이었다. 아이를 품에 안고 함께 웃었다.

"그래, 너희 엄마는 정말 아는 게 많은가 보구나."

　지난 주 목요일(2012. 10. 18) 원주제일교회 부설 노인대학에 강의하러 가기 위해 아침 7시경에 집을 나섰다. 아이는 아직 잠자리에서 일어나지 않았다. 아이가 아침잠을 설칠까봐 조심스럽게 집을 나섰다.

　오전 강의를 마치고 나니 아이 엄마가 전화를 했다. 아이가 일어나서 할아버지를 찾고 난리가 났다는 것이다. 아침에 일어나서 베개를 들고 할아버지 방에 간 아이는 갑자기 울음을 터뜨리면서 "엄마, 할아버지가 없어졌어요!"라고 했단다. 이후 아이는 20여 분 간을 울었다. 엄마가 달래도 소용이 없었다.

　어제 아침에는 장례식장에 가느라 손녀가 잠자리에서 일어나지 않은 아침 6시 30분에 집을 나섰다. 아이가 일어나서 할아버지가 집을 나간 사실을 알고 이번에는 30분 가까이를 통곡을 하였단다.

　그런데 오늘 아침에는 정반대(?)의 일이 벌어졌다. 아이 엄마가 서울에 잠시 다녀오기 위해 아이가 잠든 시간에 집을 나갔다. 아침에 일어난 아이는 "엄마! 엄마 어디 갔어요?"라고 몇 번 부르더니 "엄마 서울에 잠시 볼일 보러 갔다가 저녁에 올 거야!"라고 이야기를 해 주자 아이는 알았다는 듯이 고개를 끄덕이더니만 할아버지 손을 잡고 거실로 나왔다.

세 돌을 두 달 앞둔 외손녀는 요즘 부쩍 할아버지 바라기가 되었다. 어쩌다가 이 지경이 되었는지. 할아버지가 어찌하여 외손녀의 주 양육자가 되어 할아버지의 빈자리가 아이에게는 그리도 크게 다가오고 대신에 엄마가 집을 비우는 것은 아무 문제가 되지 않는 지경이 되어 버렸는지 알 수 없다. 이럴 경우 기뻐해야 할지, 아니면 슬퍼해야 할지 정확하게 분간할 수는 없지만 아이가 할아버지를 배척하지 않고 좋아하는 것만으로도 행복한 것이 할아버지의 솔직한 심정이다.

한 가지 바람이 있다면 아이가 건강하게 자라는 것이다. 언제쯤이면 할아버지의 빈자리를 보고 통곡하지 않을지를 기대해본다.

37. 손녀는 헤어디자이너　　　　　2012. 10. 25(목)

며칠 전 손녀가 가위를 들로 자기 머리카락을 싹둑 잘랐다. 어른들이 잠시 한 눈을 판 사이에 아이는 가위로 자신의 머리카락을 한 움큼 잘라버린 것이다. 다행스럽게도 잘린 머리카락이 없으면 잘 알아볼 수 없을 정도로 깔끔하게 잘랐다. 잘린 머리카락을 내려다보며

〈어린이집 친구들 머리 모양을 하고 싶어서 스스로 잘라낸 머리 카락〉

아이는 스스로 대견해하는 것 같았다.

그런데 어른들이 왜 머리카락을 잘랐는지 질문을 하자 아이의 대답이 걸작이다.

"어린이집 친구들처럼 하고 싶어서요."

그렇다. 어린이집 친구들은 남자, 여자 모두 단발머리를 하고 있었다. 자신만 어깨를 덮는 긴 머리를 하고 있었으니 친구들의 헤어스타일이 부러워서 그렇게 했다는 말이다. 아이는 머리카락을 남들처럼 짧게 하고 싶은 생각에 평소 가지고 놀던 가위로 머리카락을 싹둑 잘라버린 것이다.

아이 엄마가 아이를 타이르면서 질문을 했다.

"머리카락을 자르고 싶으면 엄마한테 말해서 미용실에서 자르면 될 텐데, 왜 잘랐어요?"

"엄마, 미장원이 멀어서 내가 잘랐어요."

정말 미용실이 멀어서 스스로 머리카락을 잘랐을까? 아니면 엄마의 수고를 덜어주기 위해 거사를 도모한 것인지 알 수가 없는 노릇이다.

하루 만에 확 달라진 자신의 머리 모양을 보며 흡족해하는 아이는 어느새 자신과 남을 비교하고 남의 눈을 의식하기 시작한 숙녀로 변해가고 있었다. 아이는 날마다 성장하는데 어른들의 생각은 아이의 성장속도를 따라가지 못 하고 있는 형편이다.

지금은 어리지만 어느 날 사춘기가 되면 아이의 생각의 속도를 어른들이 도저히 따라가지 못 하게 되는 않을까 지금부터 걱정하는 것은 너무 앞선 기우일까? 할아버지는 잘린 머리카락을 기념으로 사진을 찍어 두었다.

38. 손녀의 착각? 　　　　　　　　　　2012. 11. 13(화)

손녀는 요즘 언어유희를 부쩍 즐기고 있다. 어제 저녁에는 컴퓨터 앞에 앉아서 오늘 할 일을 정리하고 있는데 엄마와 놀던 아이가 할아버지 방에 들어오면서 한 마디 했다.

"할아버지, 착각해서 잘못 들어왔어요."

이쯤 되면 아이에게 무어라 할 말이 없다.

그냥 아이의 얼굴을 바라보다가 안아주었다.

정말 아이는 착각해서 할아버지 방에 들어왔을까? 그럴 수 없다. 작은 아파트에서 길을 잃어버릴 가능성은 거의 없다. 우리가 살고 있는 아파트가 그리 넓은 것이 아닌데 어찌하여 아이는 착각해서 할아버지한테 왔을까?

아이의 본심은 금방 드러났다. 할아버지 품에 안기자마자 아이는 컴퓨터 자판기에 손가락을 올려놓고 두드려대기 시작했다. 그게 성이 차지 않았는지 이번에는 아예 책상 위로 올라가서 컴퓨터 모니터 위를 손가락을 누른다. 그런데 아쉽게도 나의 컴퓨터 모니터는 손가락을 화면에 터치해서 작업할 수 있는 터치 스크린(touch screen)이 아니다.

이곳저곳을 손가락으로 눌러 보아도 아무런 반응이 없자 이번에는 할아버지를 꼭 껴안으면서 아양을 떤다.

"할아버지 왕자님, 사랑해요."

이 말은 "할아버지, 저랑 놀아 주세요."라는 말의 강력한 우회적인 표현이다.

아이와 함께 사는 즐거움은 바로 이런 때이다. 뻔히 보이는 속이지만 아이의 언어발달을 지켜보면서 아이의 재치있는 말장난을 즐기는 것은 아이와 함께 살아가는 할아버지만의 특권인 것 같아 기분이 좋다.

손녀는 요즘 궁금한 것이 정말 많은 것 같다. 함께 있으면 쉬지 않고 질문을 퍼붓는다.

초록색 포장의 '물티슈'를 보면서 하는 말

"할아버지, 이건 왜 초-래요?"

당연히 무슨 말인지 알아듣지 못하고 대답을 주저하고 있을 때. 또 다시 같은 질문을 한다.

"할아버지, 이건 왜 초-래요?"

아이는 "이건 왜 초록색이에요?"를 "이건 왜 초-래요?"라고 질문을 했던 것이다.

아이는 색깔이 노랗거나 빨간 경우 우리는 "이건 왜 노래요? 혹은 이건 왜 빨개요?"라고 질문을 하는데 아이는 이 원리를 초록색에도 적용하였던 것이다.

그래서 주저리 주저리 설명을 해 주었다.

"서현아, 초록색은 왜 초래요가 아니라 왜 파래요?라고 질문을 하는 거야."

그러나 아이는 금세 파란색(청색)을 떠올리며 고개를 갸웃거린다. 아이에게 이 상황을 어떻게 설명해야 제대로 된 설명이 될지를 알지 못하는 초보할배는 오늘도 속으로 웃을 뿐이다.

40. 젓가락질을 시작한 손녀   2012. 12. 14(금)

요즘 손녀는 무엇이든지 자기가 직접 해 보는 것을 좋아한다. 물론 때로는 갓난 애기 흉내를 내면서 아양을 떨기도 하지만 옷을 입는다거나 밥을 먹을 때는 어른들의 도움을 거부하고 혼자서 처리하려고 한다.

어제부터는 젓가락으로 반찬을 집어 먹기 시작했다. 부엌에 있는 나무젓가락을 발견한 손녀는 그것을 사용해보고 싶어서 기회를 만들었던 것이다. 땅콩으로 만든 반찬을 달라고 하더니 나무젓가락을 집어 들었다. 마치 외국인들이 처음으로 젓가락 사용법을 배운 것처럼 반찬을 들었다 놨다를 반복하더니만 드디어 한 번 성공했다.

반찬을 입에 넣으려다가 할아버지를 쳐다보며 의기양양하게 말한다.

"할아버지, 제가요 젓가락으로 땅콩을 집었어요."

"그래 잘했다."

아이는 신이 나서 땅콩을 계속 집어서 먹었다.

열 번 정도 신나게 먹고 난 후에야 젓가락을 놓았다.

아이를 바라보며 배우는 할아버지

1. 무엇이든 미리 겁을 먹지 말라. 하고자 하는 뜻이 있으면 성공할 수 있다.

2. 무엇이든 자신이 직접 경험해 보아라. 남이 하는 것을 바라보는 것과 자기가 직접 행동으로 옮겨 보는 것에는 많은 차이가 있다.

3. 아이는 누가 가르쳐 주기 전에 성장하면서 스스로 깨우치는 것이 많다. 아이에게 너무 가르치려고 하지 마라

4. 아이가 만 3세가 되면 자기가 하고 싶은 말을 잘 할 수 있다. 물론 어른들이 다 가르쳐 준 것은 아니다.

5. 도전하는 자는 실수를 할지 모르나 결국에는 자신이 원하는 것을 상당부분 얻을 수 있다. 나이 많다고 함부로 포기하지 마라.

6. 배움에는 끝이 없다. 물론 나이도 문제가 되지 않는다.

41. 동생이 된 할아버지　　　　　　　2013. 01. 10(목)

아이 엄마는 급한 볼일이 있어 대구에 가고 집에는 손녀와 할아버지 두 사람만 남아서 아침밥을 먹게 되었다. 어린이 집에 갈 시간

이 다 되어갔지만 아이는 천천히 밥을 먹고 있었다. 20분 넘게 여유롭게 식사를 하는 아이에게 다가가 숟가락을 들고 국을 떠 주면서 말했다.

"서현아, 두붓국을 먹어보렴."

아이는 정색을 하면서 한 마디 내뱉는다.

"할아버지, 이것은 두붓국이 아니라 배춧국이에요."

계속 되는 손녀의 질책 끝에 마무리 한 마디가 가관이다.

"아무래도 할아버지는 배춧국을 모르는 걸 보니까 동생인가 봐."

손녀는 원래 배춧국에 두부를 추가해서 국을 끓였기 때문에 배춧국으로 알고 있었고 할아버지는 두부를 넣고 다시 끓였으니까 두붓국이라 불렀다. 아이 눈에는 할아버지가 정확한 이름을 모르는 것을 보니 아마도 할아버지가 어려서 그럴 것이라고 판단한 것 같았다.

졸지에 손녀의 동생이 된 할아버지는 손녀에게 미안하다는 말을 했다.

"그래, 미안하다. 할아버지가 착각해서 그런가 보다."

요즘 아이는 어른들이 잘못 사용하는 단어는 현장에서 고쳐주고 있다. 아이들은 어디선가 들은 것을 머리에 입력시켜놓고 자신의 지식으로 삼아가고 있는 모양이다. 아이 앞에서는 항상 말조심, 행동조심을 해야겠다. 할아버지가 두부와 배추를 넣어 끓인 이 국의 정식 이름은 무엇이 옳을까?

3장

유치원 시절

(2013. 4 ~ 2016. 2)

유치원 행사(2014)

손녀는 5세(만 3세)가 되어서

유치원에 다니기 시작해서 3년 동안 다녔다.

처음 2년 동안은 집 근처에 있는 유치원에는 입학정원이 넘쳐서

집에서 6킬로미터 떨어진 사립유치원에 다녔다.

마지막 1년은 집에서 가까운

초등학교 병설유치원에 다녔다.

손녀는 병설유치원에 다니면서 초등학교 생활에 대해

적응하는 연습을 하게 되었다.

지난 3월부터 외손녀는 집에서 6킬로미터 떨어진 곳에 있는 사립 유치원을 다닌다. 집 근처 유치원에는 정원이 모두 차서 어쩔 수 없이 선택한 유치원이다. 아파트 단지에 있는 어린이 집에 다닐 때는 아침 9시까지 등원하였기 때문에 시간적인 여유가 있었다. 그러나 유치원에 다니기 시작하면서는 사정이 달라졌다. 아침 8시 20분에 집 앞에서 유치원차를 타기 위해서는 아이는 물론이고 식구들의 아침 시간도 바빠졌다. 어른들의 마음을 아는지 모르는지 손녀는 매일 아침 정해진 시간에 가방을 메고 집을 나선다. 손녀의 얼굴에는 항상 웃음이 넘쳐난다. 아파트 옆동에 사는 두 명의 친구들과 함께 유치원 버스를 타고 다니는 것이 재미있는 모양이다.

아이는 오후에 집에 돌아오면 유치원에서 일어났던 일들을 하나둘씩 꺼내 놓는다. 유치원에서 배운 새로운 지식들이 많은 것 같다. 어른들이 보기에는 대수롭지 않은 일도 있지만 때로는 재미있는 일도 있다. 할아버지가 해 줄 수 있는 최대한의 반응은 아이의 이야기를 잘 들어주는 것이다. 어떨 때는 큰 소리로 웃으며 아이의 말에 공감을 해 준다. 어떤 때는 손뼉을 치며 재미있다는 표현을 해 준다. 어느 정도 과도한 리액션이 필요하다. 그러면 녀석은 신이 나서 부지런히 이야기를 이어간다.

저녁을 먹고 나면 아이는 금세 졸기 시작한다. 유치원에 다니기 시작하면서부터 나타나는 현상이다. 태어나서 3년이 넘도록 아이는 항상 밤 12시가 넘어서야 잠자리에 들었다. 그러나 지금은 유치원에서 활동량이 많아서 그런지 12시 근처까지 가본 적이 별로 없다. 그렇다고 아침 일찍 일어나는 것도 아니다. 생각하지 못 했던 보너스다. 아이의 이런 모습을 보는 나는 정말 기분이 좋다.

아이의 취침 시간에 맞춰 늦게까지 책을 읽어 주거나 놀아주는 것은 쉬운 일이 아니다. 초저녁잠이 많은 나로서는 힘든 일이었다. 최근에 아이가 잠자는 시간이 충분해지면서 나의 개인 시간도 늘어나고 있다. 반가운 일이다. 아이의 잠자는 시간이 바뀜에 따라 3년 만에 할아버지의 생활패턴도 예전으로 돌아왔다.

2. 엄마의 생일 케이크   2013. 04. 12(금)

어제 오후 가방을 등에 멘 손녀는 한 손에 케이크 상자를 들고 유치원 통학차에서 내렸다. 유치원에서 아이 엄마의 생일을 기념하는 축하 케이크를 보내준 것이었다.

집에 도착한 손녀는 가방을 내려놓기가 무섭게 케이크를 식탁 위에 올려놓았다. 할아버지가 물었다.

"서현아, 이거 웬 케이크야?"

"유치원에서 선생님이 엄마 생일이라고 주신 거예요."

장난기가 발동해서 물어보았다.

"서현아, 엄마 없을 때 우리끼리 생일 케이크를 먹자!"

"안돼요 할아버지, 이건 엄마 것이에요."

아이는 먹음직스러운 케이크를 앞에 두고 싱글벙글 웃고 있었다. 잠시 후 서현이의 생각을 알아보기 위해 다시 말을 걸었다.

"서현아, 할아버지는 엄마 없을 때 케이크를 먹고 싶은데 같이 먹자!"

"안 된다니깐. 할아버지, 엄마 생일 케이크를 우리끼리 먹으면 예의가 없는 거예요."

2시간 정도 지난 후 아이 엄마가 집에 도착하자 손녀는 엄마에게 "선생님이 케이크를 주셨어요."라고 말한 뒤에 얼른 초를 케이크에 꽂기 시작했다. 신이 나서 초를 모두 꽂았다. 그러더니 생색을 내면서 말을 했다.

"엄마, 이건 내가 엄마를 도와주는 거예요."

"그래, 고맙다. 서현이가 이렇게 초를 꽂아 주니 정말 보기에 좋구나."

촛불을 켜고 생일 축하노래를 불렀다. 노래가 끝나고 촛불을 끌 시간이 되자 어른들이 아이에게 엄마와 함께 촛불을 끄라고 말했다.

"아니에요. 엄마 생일이니까 엄마 혼자서 꺼야 해요."

1년 전만 해도 식구들의 생일날 케이크에 켠 촛불은 반드시 자기

도 불어서 꺼야 했는데 어제 저녁에는 제법 의젓한 자세로 자기 생일
이 아니니까 자기는 촛불을 끄지 않겠다고 말을 하였다.

결국 할아버지는 아이의 반응을 시험해 보다가 도리어 세 돌이 지
난 손녀로부터 예의 없는 어른이 되었다. 뿐만 아니라 생일 케이크
촛불을 함부로 끄는 무식한 할아버지가 되어버렸다. 아이는 어느새
어른들이 생각하는 것보다 훨씬 더 성숙하게 자라났던 것이었다.

　　요사이 아이가 사용하는 언어 중에는 고급스러운 단어가 자주 등장하여 집안 식구들을 가끔씩 놀래주고 있다. 어른들이 사용하는 단어를 제법 많이 사용한다. 아이는 자기가 사용하는 단어의 의미도 제대로 파악하고 있는 것 같다. 그래서 우리 집에서는 가능하면 아이 앞에서는 부정적이거나 남을 비방하는 언어들은 사용하지 않으려고 노력한다.

평소보다 아픈 상태가 달라요(2013. 07. 18(목))

　　오늘 아침 식사시간, 손녀는 음식을 먹다가 배를 쓰다듬으면서 배가 아프다고 한다.

　　"서현아, 응가가 마렵니?"

　　"아니요"

　　정확한 원인을 모르는 나는 아이의 배를 쓰다듬으며 기도를 해 주었다. 그래도 배가 아프다고 한다. 조금 후 식사를 마친 아이가 급하게 어린이용 변기를 찾았다.

　　"아까는 왜 응가가 마려운 것이 아니라고 했어요?"

　　"그때는 평소보다 배가 아픈 상태가 달라서 그랬어요."

　　볼일이 끝난 아이는 배가 아프지 않다고 한다. 밀린 숙제를 마친 아이는 책가방을 메고 유치원으로 갔다.

"할아버지, 다녀오겠습니다."

~정도는 아니에요 (2013. 08. 04(일))

엊그제 아이가 발이 아프다는 소리를 듣고 아이 엄마가 말했다.

"서현아, 발을 주물러 줄까?"

"아니요, 발을 주물러야 할 정도로 아픈 게 아니에요."라고 대답
을 한다.

어제 아침에는 코가 간지럽다는 아이를 보고

"서현아, 할아버지가 코에 약을 발라줄까?"라고 하니까 이번에는

"할아버지, 코에 약을 바를 정도로 간지러운 게 아니에요."라는
대답이 돌아왔다.

가끔 잊어버릴 때도 있어요 (2013. 11. 26.(화))

며칠 전 아침 손녀가 할아버지 방에 와서 질문을 했다.

"할아버지, 종이에 글씨 써 있는 것 어디 있어요?"

아이가 질문하는 것을 얼른 알아챈 나는 주머니에서 아이가 찾는
것을 꺼내 주었다. 그러자 손녀는 할아버지를 쳐다보며 한 마디 건
넸다.

"할아버지 종이를 주머니 안에 넣지 마세요."

"왜?"

"주머니 안에 넣어두면 가끔 못 찾을 때도 있으니까요."

4. 외손녀의 결혼관   2013. 04. 30(화)

어제 저녁 식사 후였다. 손녀와 함께 놀다가 조심스럽게 질문을
했다.

"서현아, 할아버지랑 결혼할래?"

손녀, 두 눈을 크게 뜨며 고개를 저으며 하는 말

"저는 ○○과 결혼할거예요."

할아버지의 이어지는 질문

"할아버지랑 결혼하면 왜 안돼?"

손녀의 확실한 대답

"어른은 어른하고 결혼해야 돼요."

장난기가 발동한 할아버지가 다음 질문을 했다.

"그러면 서현이가 엄마와 결혼할 거야?"

손녀의 대답
"아니요, 여자와 여자가 결혼하는 것이 아니에요."

할아버지의 짓궂은 질문이 이어졌다.
"왜 그렇게 하면 안 되는데?"

손녀의 명쾌한 대답
"여자와 여자가 결혼하면 부부가 될 수 없잖아요."

손녀의 결혼 원칙은 이렇다.
"남자와 남자가 결혼하면 안돼요."
"남자와 남자가 결혼하면 부부가 될 수 없잖아요."
"할아버지는 할머니와 결혼해야 부부가 될 수 있어요."

결혼에 대해 나름대로 논리가 뚜렷하다. 이제 겨우 40개월 된 아이의 입에서 흘러나오는 결혼관이다. 아이 앞에서 어른들이 결혼에 대한 얘기를 하지 않는데 어디서 들었는지 아니면 스스로 깨달았는지는 알 수 없으나 손녀에게 결혼과 관련해서 특별한 교육이 필요 없을 것 같아 마음이 놓인다.

어제 오후 손녀는 4시간가량 낮잠을 잤다. 곤하게 잠을 자는 아이의 모습을 본 나는 내심 불안했다. 낮잠을 많이 잔 날 저녁에는 어김없이 밤늦게까지 아이와 놀아주어야 했기 때문이다. 그렇다고 자는 아이를 깨울 수도 없었다. 할아버지의 불안한 예감은 빗나가지 않았다. 저녁을 맛있게 먹은 아이는 두 눈을 말똥거리며 책을 읽어 달라고 했다. 결국 할아버지의 책 읽어 주기는 밤 12시를 넘어 새벽 2시까지 계속되었다.

새벽 2시에 아이가 잠이 들 때까지 내가 손녀를 무릎에 앉히고 읽어 준 책은 모두 10권이다. 그러나 그냥 10권이 아니다. 아이는 책을 한 번 읽고 나면 다시 그 책을 탐구한다. 예를 들어 자기가 이해가 잘 안 되는 페이지의 그림을 보고 계속 질문을 이어간다. 자신이 충분히 이해할 때까지 계속해서 질문을 한다. 그래서 보통 책 한 권을 읽는다는 것은 3권에서 4권을 읽는 시간이 필요하다.

『까마귀 형님』이란 책을 읽어가는 도중에 아이가 한 마디 했다.

"할아버지, 저는 까마귀 형님이 싫어요."

"왜?"

"까마귀가 너무 독특해서 싫어요."

혹시 잘못 들었는가 싶어서 재차 질문을 했다.

"까마귀가 똑똑해서 싫은 거야? 아니면 왜 싫은 거야?"

아이는 또렷한 발음으로 말했다.

"할아버지, 까마귀 형님이 독특해서 싫어요."

이 단어 하나가 할아버지가 새벽 2시까지 손녀에게 책을 읽어주면서 경험하는 독특한 재미라고 해야겠다.

5. 고난의 시작   2013. 09. 03(화)

아침밥을 먹다가 외손녀가 한 마디 했다.

"할아버지, 저는 고속버스터미널 서점에서 고난이 시작되었어요."

갑작스런 아이의 말에 나는 들었던 밥숟가락을 떨어뜨릴 뻔 했다. 왜 고속버스터미널에서 고난이 시작되었을까? 고속버스터미널에서 무슨 일이 일어났던 것일까? 영문을 몰라 어리둥절해하면서 아이 엄마를 보니 아이 엄마도 이유를 모르는 것 같았다.

"서현아, 그게 무슨 말이야?"

"고속버스터미널 서점에서 고난이 시작되었다는 것이에요."

아이는 어제 오전에 자기 엄마와 함께 대전 고속버스터미널 2층에 있는 서점에 다녀왔다. 차에서 내려 2층에 있는 서점으로 가기 위해서는 영화관 앞을 지나야 한다. 서점 바로 옆에 있는 영화관 입구에는 아이가 무서워하는 만화 캐릭터가 그려져 있고, 영화관에서는 괴성이 흘러나온다. 지나가는 사람들에게 영화관을 홍보하기 위한 일이 어린 여자 아이를 무섭게 한 것이다. 어제 자기 엄마와 서점에 들러서 좋아하는 책을 2권 사가지고 그 앞을 지나면서 아이가 무서웠던 모양이다.

"서현아, 고난이 뭐야?"

"할아버지, 고난은 무서운 것이에요. 겁나는 거예요."

식사가 끝난 후 아이 엄마에게 서현이가 어디서 고난이라는 단어를 알게 되었는지를 물어보았다. 아이는 지난 여름방학 동안에 교회에서 열린 여름성경학교에서 '고난'이라는 단어를 배웠던 것이다. 그 낱말을 자기가 경험한 것과 연결시켜 문장을 만들어 사용하는 것을 보고 아이 앞에서는 어른들이 조심해서 말을 해야 함을 새삼 느꼈다.

7. 벽돌로 지으면 되겠네   2013. 11. 19(화)

엊그제 손녀에게 유아용 영어책을 읽어주었다. 『The Crab and the Castle』라는 제목의 책이었다. 영어 책의 내용은 이렇다. 바닷가에 놀러간 게들이 모래성을 발견하였다. 게들은 빈 성에 들어가서 놀면서 한 가지 걱정이 생겼다. 파도가 몰려오면 성은 흔적도 없이 사라져 버릴 것이라는 생각이다.

손녀에게 영어를 읽어가면서 한 문장 한 문장 해석을 해 주었다. 손녀는 눈망울을 반짝이며 영어책을 읽어주는 할아버지를 쳐다보았다. 할아버지가 영어책을 읽어주는 것이 신기한 모양이다. 한참을 설명해 가는데 아이가 갑자기 손뼉을 치며 좋은 생각이 떠올랐다는 신호를 보냈다.

"할아버지 그러면 모래로 성을 만들지 말고 벽돌로 만들면 되겠네요."

"왜 그렇게 생각하니?"

손녀의 대답은 기발하였다.

"아기 돼지 3형제에 보면 나무로 집을 지으면 바람에 날아가지만 벽돌로 지으면 괜찮아요."

아이는 영어책을 보면서도 엄마와 할아버지가 읽어준 동화책 내용을 기억하고 그것을 적용하였다. 아이가 영어공부를 하기 전 한글로 된 책을 열심히 많이 읽어주는 것이 필요하고 중요함을 느꼈다. 상상의 나래를 펴면서 자신의 삶을 살아가는 손녀가 자랑스럽다.

8. 엄마, 저도 다 알고 있어요!　　　　2013. 10. 11(금)

아침을 먹고 유치원을 가야하는 외손녀는 어른들의 마음은 급해도 천하태평이다. 어려서 그런지 밥을 먹는 것도 그렇고 유치원 갈 준비를 하는 것도 그렇다. 웬만해서는 아이가 스스로 해결하도록 기다리는 육아원칙을 지키기 위해 어른들은 아이가 해야 할 일을 대신해 주지 않는다. 아이도 자신의 일을 남이 나서서 해결해 주는 것을 싫어한다. 그러다 보니 때로는 아이의 행동이 느린 것처럼 느껴질 때가 종종 발생한다.

보다 못한 아이 엄마가 빨리 가야 하니 가방을 메고, 신발을 신고 가자고 이야기한다. 그러자 아이가 정색을 하고 자기 엄마에게 말을 건넨다.

"엄마, 저도 다 알고 있어요. 이제 그만 말하세요."

아이는 자기가 빨리 준비해서 집을 나서지 않으면 유치원 차가 기다린다는 것을 알고 있는 것이다. 그런데 엄마가 자꾸 재촉을 하니까 싫다는 표현을 한 것이다. 순간 어른들은 얼음이 되었다. 그런데 아이는 왜 다 알면서도 실천하지 않는 걸까? 알 수 없는 일이다.

요사이 아이는 자기주장을 논리정연하게 펴는 경우가 더러 있다. 어디서 들었는지 불쑥불쑥 어른스러운 언어를 사용하는 때도 있다. 이 모든 것을 보면 아이는 밤낮으로 성장하는 것이 틀림없다. 고맙고 감사한 마음이다.

9. 전체적으로 흰 것   2013. 11. 04(월)

며칠 전 손녀는 진지하게 질문을 했다.

"할아버지, 빨간 꽃이 있는 것 어디 있어요?"

"무슨 말인데?"

"빨간 꽃하고 노란 꽃이 그려진 것 말이에요."

알아들을 수가 없어서 다시 질문을 했다.

"서현아 그게 무언데?"

"할아버지, 전체적으로 흰색인데 빨간 꽃이 그려져 있는 것 말이에요."

그제야 감이 왔다. 아이는 자기 이불이 침대에서 없어진 것을 알고 그것을 찾고 있었던 것이다. 그것은 아침에 본인이 할아버지 방에 가지고 왔던 것인데, 잠시 잊고 있었던 것 같다.

"서현아, 서현이 이불을 말하는 거야?"

"예, 할아버지. 어디 있어요?"

"할아버지 방에 있는 것 같아."

"맞아요. 고맙습니다."

손녀와의 대화는 언제나 즐겁다.

10. 간식 먹는 배는 고파요!　　　　　2013. 12. 06(금)

아이가 유치원에서 선물을 잔뜩 받아들고 집으로 왔다. 유치원에서는 그 달에 생일인 아이들을 위해 매월 생일잔치를 열어준다. 12월에 태어난 서현이를 위한 생일잔치가 오늘 있었다. 서현이는 1년 동안 부지런히 친구에게 생일 선물을 주면서 자기의 생일을 기다려왔나. 친구늘에게 줄 선물을 사면서도 아이는 자기 생일에 친구들이 줄 선물을 기대하면서 좋은 선물을 사서 예쁘게 포장했다.

서현이는 친구들이 건네준 생일선물을 자랑스러워했다. 정성스레 포장된 선물을 하나씩 뜯어가던 아이가 할아버지를 쳐다보며 말한다.

"할아버지, 저는요 밥을 먹는 배는 하나가 있어요. 그런데 간식을 먹는 배는 3개가 있어요."

"엥? 그게 무슨 말이야?"

"그런데 밥을 먹는 배는 부른데 간식 먹는 배는 고파요."

이 무슨 말인가? 아이의 속셈은 밥을 먹지 않고 선물 받은 음료수와 과자를 먹겠다는 것이었다. 이 할아버지의 배는 밥배와 간식배가 따로 분리되어 있지 않다. 평소에도 식사 전에는 간식을 잘 먹지 않는 나에게 아이는 과자를 주며 먹어보라고 했다. 몇 번 거절했지만 아이는 자기가 생일선물로 받은 거라면서 강제로 과자 하나를 입에 넣어 주었다. 그리고 나서 자기도 열심히 과자를 먹었다. 결국 아이는 밥을 두 숟가락만 먹고 음료수와 과자로 저녁을 때웠다.

술을 좋아하는 사람들이 술배와 밥배가 따로 있다는 말을 하는 것은 들어봤어도 밥배와 간식배가 따로 있다고 하는 말은 오늘 서현이가 처음으로 나에게 들려주었다. 할아버지의 손주교육은 힘이 들기도 하지만 아이가 주는 재롱과 재치있는 말은 할아버지에게 커다란 기쁨을 주기도 한다.

11. 할아버지는 착할까 무서울까? 2016. 12. 26(목)

우리 집에서 손녀와 가장 많은 시간을 보내는 사람은 할아버지인 나다. 그런데 그 할아버지가 손녀의 눈에는 가장 무서운 사람이라고 한다. 불과 20일 전까지는 할아버지가 착하고 제일 좋은 사람이라고 말했던 아이의 생각이 바뀌었다.

할아버지는 착하셔(2013. 12. 05(목))

오늘은 아이 엄마가 볼 일이 있어 서울에 간 사이 손녀와 둘이서 하루를 보냈다. 저녁을 먹고 나서 손녀가 혼자 놀고 있는 틈을 내어 손녀가 벗어 놓은 옷을 빨았다. 빨래가 거의 끝나가고 있을 무렵 손녀가 다가와서 웃으면서 말을 건넸다.

"할아버지는 착하셔~~."

아이가 느닷없이 할아버지를 착하다고 하는 말에 깜짝 놀라서 물었다.

"왜?"

"할아버지는 빨래를 잘 하시니까."

아이 눈에는 자기 옷을 깨끗하게 빨래 해주는 할아버지가 착하게 보이는 걸까? 지난 4년 동안 계속된 할아버지의 빨래하는 모습이 오늘 갑자기 손녀의 눈에 멋있게 보인 것일까? 밥하고 빨래하느라 주부습진에 걸린 할아버지의 검지 손가락의 아픔을 알고 있는 섯일까? 아니면 며칠 전 다친 오른손 엄지손가락의 피멍의 고통을 알기에 아이가 할아버지를 위로하기 위해 던진 말일까를 알 수 없다. 아이의 속마음을 알 수가 없다. 아이가 왜 그런 이야기를 하는지 궁금해서 다시 물었다.

"정말?"

"네, 할아버지는 빨래를 깨끗하게 잘 하시니까요."

조금 있다가 다시 한 마디 건넨다. 얼굴에 환한 미소를 띠고 하는 말이 걸작이다.

"할아버지는 정말, 멋쟁이셔!"

할아버지 귀에 좋은 소리만 늘어놓던 손녀는 거실로 갔다. 할아버지가 빨래를 마치고 자기와 함께 놀아주기를 기다리면서 아이는 스케치북에 열심히 그림을 그린다.

손녀가 나에게 멋쟁이라는 말을 하는 것은 고마운 일이다. 아이의 작은 칭찬 하나가 할아버지를 춤추게 한 하루였다.

할아버지가 무서워요(2013. 12. 26(목))

오늘 아침 손녀는 할아버지 품에 안겨서 할아버지가 우리 집에서 제일 무서운 사람이라고 한다.

"할아버지, 할아버지는 화가 나면 아빠가 화날 때보다 더 무서워요."

"엄마가 더 무섭지 않아?"

"아니에요. 할아버지가 화를 내면 제일 무서워요."

속으로 뜨끔했다. 며칠 전 손녀가 떼를 쓰는 것을 본 내가 혼을 냈더니 하는 말인가 보다. 아이가 하루 종일 할아버지를 괴롭히고 눈을 뜨면 할아버지 방에 와서 함께 놀고 아침 식사 준비도 할아버지가 해 주고, 저녁에 잠을 잘 때도 할아버지가 품에 안고 재워 주는데, 화 한 번 잘못 내는 바람에 나는 아이에게 가장 무서운 사람이 되어 버렸다. 너무 억울하다.

그런데 불과 20일전까지만 해도 손녀는 할아버지를 착하고 멋쟁이라고 추켜세웠던 아이가 아닌가. 그 아이 입에서 할아버지가 제일 무서운 사람이라고 말을 하고 있다.

우리 집에서 가장 무서운 사람이 할아버지가 되는 것이 마음 내키는 것은 아니다. 그러나 나는 손녀의 삶에 선한 멘토(mentor)가 되어야겠다는 생각을 하면서 아이를 키운다. 내가 손녀에게 '제일 착한 할아버지', '멋쟁이 할아버지' 라는 소리를 듣는 것과 동시에 '무서운 할아버지' 소리를 함께 듣는 것은 어쩌면 내가 할아버지 노릇을 제대로 한다는 의미일지도 모르겠다.

12. 엄마는 왜 감기에 걸려요? 2014. 01. 08(수)

오늘 새벽 아이가 잠을 깨자마자 할아버지 방으로 왔다. 컴퓨터 앞에 앉아 공부하는 할아버지에게 인사를 하더니 이불 속으로 들어가서 눕는다. 아직 새벽 5시 30분, 아이가 잠을 더 자야 할 시간이다. 잠시 눈을 붙이던 아이는 할아버지에게 질문을 한다.

"할아버지, 저는 왜 감기에 걸렸어요?"

할아버지는 이참에 손녀의 버릇을 고칠 것이 없나를 생각하다가 서현이의 코 파는 버릇을 떠올리며 말했다.

"코를 판 손을 입에 넣으면 나쁜 병균이 들어가서 감기가 걸린단다."

그러자 아이는 잠시 생각을 하다가 다시 질문을 했다.

"할아버지, 엄마는 코를 안 파는데도 왜 감기가 걸려요?"

아이가 최근에 식구 중 3명에 감기에 걸린 사실을 떠올렸는가 보다. 엄마와 할아버지는 코를 파지도 않고 손을 입에 넣지도 않았는데 감기에 걸린 것을 이해하지 못 하겠다는 눈치다. 그래서 유독 자기만 코를 파기 때문에 감기가 걸렸다는 것에 동의하지 못 하는 것이다.

"그래, 어른들은 추운 겨울에 몸이 약해져서 감기에 걸릴 수도 있단다."

"예, 날씨가 추우면 감기에 걸리니까 조심해야지요."

어른들의 임기응변을 아이들도 아는 것 같다. 다음부터는 좀 더 논리적으로 설명을 해 주어야겠다는 생각이 드는 아침이다.

13. 할아버지 목말라요　　　　　2014. 01. 24(금)

엊그제 아침부터 배가 아프다던 아이는 아침식사를 거르고 유치원에 다녀왔다. 유치원 차에서 내린 아이가 토하기도 했다. 급하게 병원에 가니 바이러스성 장염이라는 진단을 내렸다. 저녁에는 죽을 사서 두 숟가락 정도 먹였다.

어제 새벽에는 1시 30분경에 아이가 할아버지 방으로 와서는 배가 고프다고 했다. 죽은 먹기 싫고 우유를 달라고 해서 따뜻하게 데워주었다. 한 컵을 마시고 다시 잠이 들었다. 유치원을 하루 쉬고 하루 종일 자기 엄마와 놀면서 원기를 회복하여 저녁에는 제법 활기차게 행동했다.

오늘 새벽 5시 조금 지나서 손녀가 눈을 비비며 할아버지 방으로 왔다. 반가운 얼굴로 아이를 안아주었다. 평소보다 일어난 시간이 너무 빨라 다시 잠을 재우려고 했더니 한 마디 건넨다.

"할아버지, 목이 말라요. 물을 좀 주세요."

얼른 부엌으로 가서 물을 한 잔 가져왔다. 물을 다 마신 아이가 다시 말을 한다.

"할아버지 유산균 먹고 싶어요."

다시 부엌에 가서 유산균을 눌에 타서 주었다.

유산균 음료로 목을 축인 아이는 책장에서 『농부와 도깨비』 책을 꺼내서 들고 왔다.

"할아버지, 책을 읽어 주세요."

이 책은 이미 열 번 이상 읽어 주었던 책이다. 책장을 넘기며 읽어 주면 아이는 이미 앞에 일어날 일을 미리 이야기 해 줄 정도가 되었다. 책을 읽어주다가 힘이 들면 줄을 건너뛰거나 단어를 잘못 읽어 주면 아이는 어김없이 다시 읽어 달라고 했다. 그러다가 가끔 질문을 한다.

"할아버지, 왜 도깨비가 사람들이 사는 곳에 와서 괴롭혀요?"라는 질문은 시작에 불과하다. 궁금한 것이 있을 때마다 질문을 해댄다. 이렇게 하다 보니 동화책 한권을 읽는 데 30분가량 걸리는 것이 보통이다. 책을 다 읽고 나서 하품을 하기에 자라고 권했다.

그러나 이번에는 다른 주문을 했다.

"할아버지, 배가 고파요. 바나나를 주세요."

부엌에 가서 바나나 한 개를 갖다 주었다. 맛있게 먹고 나서 결정적인 한 마디를 했다.

"할아버지, 배가 고파요. 먹을 것을 주세요."

이쯤 되면 아이의 주문이 할아버지의 인내심을 시험하는 것으로 보일 수도 있지만 나는 일분일초라도 빨리 아이를 재울 욕심으로 아이의 의사를 확인했다.

"밥을 먹을래, 아니면 죽을 먹을래?"

"죽을 주세요."

아이가 새벽에 이렇게 음식을 찾아서 먹는 경우는 드문 일이다. 냉장고에 넣어둔 죽을 데워 주었더니 순식간에 뚝딱 해치우고는 금세 잠이 들었다.

아이가 다시 잠을 자는 동안 나는 조용하게 책을 읽었다. 아침 8시 30분 정도 되자 아이는 기분 좋게 잠자리에서 일어났다. 새벽에 아무 일도 없었던 것처럼 아이는 기분이 좋게 할아버지 품에 안겼다.

14. KBS 1TV 〈아침마당〉에 출연   2014. 02. 17(월)

KBS 1TV 생방송 〈아침마당〉에 손녀와 함께 출연하였다. 이금희 아나운서와 윤인구 아나운서가 진행하는 인기 프로그램이다. 〈아침

마당〉 방송의 주제는 '수퍼 할배'였다. 손주를 키우는 할아버지의 일상과 에피소드를 들어보는 프로그램이었다.

하루 전인 일요일 오후에 딸과 셋이서 방송국 근처 호텔에서 하루 밤을 지냈다. 긴장된 탓인지 잠이 잘 오지 않았다. 전국에 방송되는 것이어서 기대와 걱정이 교차하는 밤이었다.

아침 7시에 방송국에 도착하기 위해 6시부터 준비를 했다. 그런데 아침에 호텔을 나서려고 자동차 시동을 걸었지만 실패했다. 밤새도록 자동차 실내등을 켜둔 탓에 자동차 배터리가 전부 방전된 것이었다. 6시 40분 경 자동차를 호텔 지하주차장에 두고 급하게 호텔 입구로 나와 택시를 기다렸다. 그 순간 호텔 출입구를 나서는 사람들이 눈에 들어왔다. 나는 직감적으로 우리와 같은 방송에 출연하는 분들일 수도 있다는 생각을 했다. 실례를 무릅쓰고 물어보니 전주에서 올라온 분들로 우리와 같은 프로그램에 출연할 예정이었다. 그 차를 타고 방송국에 도착한 우리는 방송국 입구에서 담당 작가를 만나 인사를 나눈 후 분장을 하고 사전 주의사항을 들었다. 오늘 출연자는 우리를 포함하여 3가족이었다.

8시 경에 방송이 진행되는 스튜디오에 들어섰다. 방청객들은 이미 자리를 차지하고 있었다. 조금 있으니 두 명의 MC들도 들어왔다. 이금희, 윤인구 아나운서는 출연자들 앞으로 와서 인사를 건네며 분위기를 부드럽게 해 주었다. 특히 외손녀를 포함한 2명의 꼬마(6살짜리)에게는 여러 가지를 물어보면서 아이들을 다독여 주었다.

8시 25분. 시그널이 울리면서 생방송이 시작되었다. 할아버지의 나이 순서대로 한 사람씩 무대에 등장하고 자기소개를 하게 되었다. 두 분은 부부가 함께 손주를 키우고, 나는 혼자서 손녀를 키우고 있었다.

나는 세 번째로 소개받고 손녀와 함께 무대 위로 등장하였다. 난생 처음 전국으로 방송되는 생방송 프로그램에 출연하여 나의 가슴 속에 있는 이야기를 한다는 것이 쉽지 않았다. 30여 년 전에는 TV 프로그램 제작과 송출업무를 담당한 적이 있었던 나로서는 조명과 카메라가 낯설지는 않았지만 제작 스태프가 아니라 출연자가 된 입장에서는 전혀 새로운 기분이었다.

나에게는 나의 생각을 정확하게 표현해야 할 의무와 책임이 있었다. 〈아침 마당〉 시청자들에게 즐겁고 유익한 내용을 전해야 한다는 생각 때문에 애써 침착 하려고 애를 썼다. 손녀의 손을 잡고 무대에 등장하여 인사를 하고 사회자의 질문에 답하느라 9시 30분까지 정신없이 방송이 진행되었다. 입술이 마르고 나에게 질문이 오면 어떤 대답을 할까를 머릿속으로 정리하면서 다른 사람들의 대화를 들어야 했다.

할아버지가 속으로 고군분투하는 동안 손녀는 내 옆에서 조용하게 경청하고 있었던 것 같다. 프로그램 도중에 이금희 아나운서가 손녀에게 물었다. 미동도 하지 않고 한 시간 가까이 어른들의 이야기를 듣고 있는 손녀를 칭찬하면서 물었다. "할아버지가 이야기하시는 것 다 이해할 수 있어요?" "아니요 잘 몰라요." 이금희 아나운서는 재차 손녀를 칭찬해 주었다.

9시 30분. 클로징 멘트가 나오고 프로그램이 모두 끝났다. 출연자와 게스트, 사회자들이 돌아가며 인사를 한 후 기념사진을 찍었다.

서울에서 근무하던 사위가 와서 자기가 다니는 회사 근처에서 점심을 샀다. 우리 식구들의 방송출연을 축하해 주었다. 그 자리에는 SBS 기자가 찾아와 인터뷰를 진행했다. '한국격대교육연구소'와 관련하여 여러 가지 질문을 하였다. 방송은 이번 주 목요일이나 금요일 경에 저녁 8시 뉴스에 나간다고 했다.

집으로 돌아오는 길에 고속도로 휴게소에서 늦은 아침 식사를 했다. 우리 곁을 지나던 어느 중년여성이 물었다. "오늘 아침 KBS방송에 출연하신 분들 맞습니까?" "네, 감사합니다." "방송 잘 보았습니다. 손녀를 잘 키우고 계시더군요."

방송의 힘이 큰 줄은 알았지만 막상 나 자신에게 이런 일이 일어날 줄은 몰랐다. 집에 도착하니 세 사람 모두 녹초가 되었다. 많이 긴장했던 탓에 저녁 9시 전에 모두 곯아떨어졌다.

15. 제 말을 믿어 주셔야 해요!　　　　2014. 02. 27(목)

이번 주는 유치원이 방학이어서 손녀는 느긋하게 하루하루를 보내고 있다. 오늘은 엄마와 함께 친구 집에 놀러 간다고 부산을 떨고 있다. 아이 엄마로부터 어제 이야기를 들은 터라 하루를 자유롭게 보낼 생각을 하고 있던 나는 장난기가 발동해서 친구 집에 놀러간다고 좋아하는 손녀에게 말을 걸었다.

"서현아, 오늘 친구 집에 가지 말고 할아버지랑 함께 집에서 놀자."

느닷없는 할아버지의 제안에 아이는 정색을 하면서 말을 했다.

"그것은 엄마의 일이에요."

아마도 아이는 오늘 친구 집에 가는 것은 자기와 엄마의 일이지 할아버지의 일이 아니라는 뜻으로 말을 하는 것 같다. 내친 김에 다시 말을 했다.

"그래도 할아버지랑 집에서 노는 것이 좋은데……."

"할아버지, 제가 할아버지 말을 믿어요."

"그래, 서현이는 할아버지 말을 믿고 있는 것을 할아버지는 잘 알고 있어요."

그러자 서현이가 진지하게 말을 했다.

"그러니까 할아버지도 제 말을 믿어 주셔야 해요."

순간 이 할아버지는 부끄러웠다. 아이 입에서 이런 말이 나오게 만든 내가 잘못이었다. 그러나 한편으로는 아이가 어떻게 이런 말을 할까를 생각하면서 속으로 기뻤다.

요즘은 서로를 잘 믿지 못 하는 세상이 아니던가. 그런데 이제 겨우 50개월이 된 녀석의 입에서 자기가 할아버지 말을 믿어 주니까 할아버지도 자기 말을 믿어달라고 하는 것이다. 결국 아이 앞에서는 말도 행동도 모두 조심하는 것이 필요하다.

6살 아이가 가족을 진심으로 믿을 수 있는 세상,

60대 할아버지가 손녀를 믿을 수 있는 세상이 그립다.

16. 할아버지 아프지 마세요   2014. 03. 11(화)

지난 주말에는 강릉에 다녀왔다. 월요일 아침 대전으로 돌아오려는데 문제가 발생했다. 새벽부터 속이 메스껍더니만 급기야 오전 내내 집에서 머물러야 했다. 어지럽고, 몸에 힘이 없었다. 강릉 시내에 있는 병원을 찾아갔다. 얼마나 마음이 급했던지 속이 안 좋은데 이비인후과를 찾아갔다가 다시 내과를 찾아가서 진찰을 받았다.

약을 한 봉지 먹고 나서 차를 몰고 대전으로 향했다. 주말에 손녀를 돌봐야 한다는 사명감을 가지고 아픈 몸을 이끌고 대전으로 가는 고속도로 위를 자동차로 달렸다. 머리는 어지럽고, 팔다리는 아파서 운전하기에 매우 힘이 들었다. 평소 같으면 횡성휴게소나 여주휴게소 중 한 곳에 들러 커피를 마시는데 어제는 4곳의 휴게소에서 휴식을 취했다. 280km거리를 주행하는 데 5시간이나 걸렸다. 평소 같으면 3시간에서 3시간 30분이면 되는 거리를 무려 5시간이나 걸린 것이다.

오후 늦게 대전에 도착하니 아이가 할아버지 얼굴을 찬찬히 살폈다.

"할아버지, 왜 그러세요?"

"몸이 안 좋아서 그렇단다."

"몸이 왜 안 좋아요?"

"병이 나서 그렇단다."

"할아버지, 사람들은 왜 병에 걸려요?"

아이의 질문은 끝이 없었다. 딸이 끓여준 죽을 한 숟가락 먹고는 이불을 뒤집어썼다. 아이의 질문을 뒤로 하고 방에 들어가 밤새 끙끙대며 잠을 청했다

아침이 되니 몸에 힘이 조금 생겼다. 평소 다니던 병원에 가서 진찰을 받고 주사를 한 대 맞았다. 위염과 장염의 합작품이란다. 그래서 음식도 조절하라고 엄명을 한다. 낮에는 죽 전문점에 들러 죽을 시켰는데 절반 정도만 먹고 나머지는 테이크아웃했다.

이틀 동안 밥 한 끼도 제대로 먹지 못하고 헤매던 할아버지, 오늘 아침에는 그런대로 기운을 차려 손녀와 놀 수 있었다. 그런데 할아버지 품에 안긴 손녀가 조심스럽게 말을 건넨다.

"할아버지, 이제는 아프지 마세요."

"그래, 앞으로는 조심을 할게"

손녀가 말을 이었다.

"할아버지, 왜 아팠어요?"

"음식을 잘못 먹어서 그런 것 같구나."

"무슨 음식을 먹었어요?"

"아무래도 상한 음식을 먹었나봐."

"그러면 앞으로는 상한 음식을 먹지 않도록 조심하세요."

그러면서 말을 이어갔다.

"할아버지, 저 어제 저녁에 울었어요."

"왜?"

"할아버지가 아프셔서 울었어요."

"할아버지가 아파서 서현이와 놀아주지 못 해서 섭섭했어?"

"네, 그래서 자기 전에 울었어요."

손녀의 할아버지 사랑은 진심인가 보다. 그래서 손녀에게 뽀뽀를 부탁했다. "서현아, 할아버지에게 힘을 주세요." 서현이가 냉큼 달려와서 할아버지 볼에 뽀뽀를 해 준다. 이것은 서현이가 할아버지가 늙어서 힘이 없기 때문에 힘을 주는 하나의 자기만의 방식이다. 서현아 고맙다. 건강하게 자라다오.

이번 일로 아내의 걱정이 너무 크다. 거의 매시간 전화로 안부를 묻는다. 멀리 떨어져 지내느라 제대로 챙겨주지 못 하는 마음에서 그러기는 하지만 내가 아내에게 걱정거리가 되는 것이 몹시 부담스럽다. 아직도 몸이 정상으로 돌아오지 못 했다. 내일쯤이면 좀 더 활동적으로 움직일 수 있으면 좋겠다.

손녀가 진지하게 하던 말 "할아버지, 어제는 목소리가 왜 그랬어요?"가 귓전을 맴돈다. 손녀의 할아버지 사랑에 고맙기도 하지만 어린 손녀가 할아버지에 대해 걱정하는 것이 미안하다. 사랑은 서로를 아끼고 염려해 주는 것인가 보다.

17. 방귀의 색깔은?　　　　　　2014. 03. 27(목)

요즘은 손녀와 대화를 하면 거의 대부분 통하는 수준이 되었다. 어제 저녁 손녀와 놀다가 질문을 하면서 나눈 대화다.

"서현아, 바나나는 무슨 색깔이지?"

"노란색요."

"그러면 영어로는 어떻게 말을 해?"

"옐로우예요."

"그러면 토마토 색깔은 영어로 뭐야?"

"레드."

손녀의 말에 재미를 붙인 할아버지가 이번에는 농담을 건넸다.

"서현아, 방귀는 무슨 색깔이야? 영어로 무어라고 해?"

"할아버지 방귀는 투명색이에요."

이번에는 질문을 한 번 돌려서 해 보았다.

"투명색이 초록색하고 같은 거야?"

"아니에요, 할아버지 방귀는 색깔이 없으니까 투명색이라고 하는 거예요."

"그래도 방귀는 냄새가 나잖아."

"할아버지, 방귀는 냄새는 나지만 볼 수도 없고, 만질 수도 없잖아요. 그러니까 투명색이라고 해요."

우리는 그렇게 저녁 시간을 보냈다.

18. 엄마를 위한 변명 -가재는 게 편이다　　　2014. 05. 14(수)

손녀가 할아버지 방으로 왔다. 손녀가 눈을 반쯤 뜨고 할아버지를 찾아온 시간은 아침 7시였다. 나는 책을 읽다가 얼른 덮고 손녀를 반갑게 맞아주었다. 아이는 장난감을 가지고 와서 함께 놀자고 한다. 아이에게 물었다.

"서현아, 엄마는 뭐해?"

"엄마는 아직 안 일어났어요."

"그래? 엄마는 잠꾸러기인가 보다."

그랬더니 아이가 아니라고 변명을 한다. 그래서 할아버지가 한 걸음 더 나아갔다.

"서현아, 엄마는 게으름뱅이인가 보구나. 아직도 안 일어나는 걸 보니."

이번에는 아이가 발을 구르며 크게 화를 냈다.

"할아버지, 그런 말 하지 마세요. 엄마는 게으름뱅이라서 아직 잠을 자는 것이 아니라 어제 저녁 늦게까지 공부하느라 피곤하기 때문에 아직 잠을 자는 거란 말이에요."

이쯤해서 대화를 잠시 중단해야 한다. 그렇지 않으면 아이의 다음 행동에 자신이 없다.

"그렇구나, 엄마가 피곤해서 아직 일어나지 않았구나. 그러면 우리 엄마가 일어 날 때까지 같이 놀자."

그제야 아이는 얼굴을 활짝 펴면서 할아버지 품으로 다가왔다.

부모들은 보통 자식을 사랑하는데, 자기 온 몸을 바쳐 사랑한다고 생각한다. 가끔씩은 그것을 아이들에게 들려준다. 사실은 아이들도 부모를 끔찍하게 사랑한다. 그들도 부모를 보호하기 위해서 모든 수단을 동원한다. 이제 겨우 여섯 살 된 아이가 자기 엄마를 흉보는 할아버지에게 엄마를 대신해 변명하는 것을 보면 알 수 있는 일이다. 아이가 평소에 할아버지를 좋아하는 이유는 자기와 잘 놀아주기 때문이라는 말이 증명되는 순간이었다.

모녀가 서로 사랑하고 존경하는 것은 너무나 아름다운 일이기에 할아버지는 속으로 흐뭇한 웃음을 지으며 아이와 함께 놀았다. '가재는 게 편이다' 라는 말은 이런 경우를 두고 하는 말이라는 생각이 강하게 드는 아침이다. 어버이날이 1년에 하루인 것이 아쉽다. 엄마를 위한 손녀의 변명이 귀여웠다.

19. 의사가 병에 걸리면 어떻게 해요? 2014. 06. 04(수)

아이 엄마가 조간신문을 뒤적이다가 한 마디 한다.

"아버지, 요즘 아이들에게 수족구병이 유행이라고 해요."

곁에서 듣고 있던 손녀가 자기 엄마에게 질문을 한다.

"엄마, 수족구병이 뭐예요?"

"수족구병이란 손, 발, 그리고 입에 물집이 생기는 유행병이란다."

다시 아이의 질문이 이어졌다.

"그런데 유행병이 뭐예요?"

"예를 들면 친구가 병에 걸렸는데, 그 친구와 함께 놀다가 손을 씻지 않으면 친구가 걸린 병에 걸리는 거란다."

조금 있다가 아이는 다시 질문을 한다.

"엄마, 그런데 친구 병을 고치는 의사 선생님이 유행병에 걸리면 어떻게 해요?"

아이는 의사가 병을 고치다가 그 병에 걸릴 가능성을 두고 걱정을 하는 눈치다.

오늘은 지방자치단체장을 비롯한 지역의 지도자를 선출하는 날이다. 당선 전까지는 허리를 굽혀 바르게 살아가겠노라고 저마다 다짐을 한다. 모두가 다 열심히 자신을 뽑아준 사람들을 위해 희생하겠노라고 목소리 높여서 약속한다. 그러나 당선 후에는 자신의 권위를 내세우고, 사리사욕을 채우느라 유권자와의 약속을 헌신짝처럼 버리는 경우가 허다하다.

지도자가 병에 걸리면 무슨 방법으로 치료를 할 수 있나요? 우리 모두 좋은 방법을 찾아 나서야 할 때이다.

20. 아이는 어른의 거울이다!　　　　　　2014. 06. 17(화)

엊그제 강릉에 살고 있는 아내가 대전 집으로 왔다. 오랜 만에 집에 온 아내는 외손녀의 환심을 사기 위해 다양한 질문을 하며 대화를 시도하였다. 그러다가 아내가 손녀에게 한 마디 건넸다.

"서현아, 나중에 할머니는 서현이와 함께 살고 싶은데 서현이는 어떻게 생각하니?"

할머니 말을 듣고 있던 서현이가 심각하게 대답한다.

"할머니는 할아버지와 함께 살면 되잖아요."

서현이는 평소에도 할아버지와 할머니는 함께 살아야 되고, 자기는 엄마 아빠와 함께 살아야 된다는 생각을 가지고 있기 때문에 이런 대답을 했던 것이다. 아내가 다시 물었다.

"할머니는 나이가 많으면 엄마 아빠랑 함께 살고 싶은데."

그 말을 듣고 있던 서현이가 진지하게 말을 이어갔다.

"그럼 나도 나이가 들면 엄마 아빠를 모시고 살아야겠네."

젊은 사람들이 나이 많은 부모를 모시거나 돌보는 것을 싫어하는 것은 자기 자녀들에게 자신이 늙으면 버리라는 본을 보여주는 것과 같음을 기억해야 한다. 자기가 나이 많은 부모에게 하는 행동을 자기의 아들딸들이 조용히 지켜보고 있다. 커가는 아이들에게 강제적인 교육보다는 이처럼 어른들이 모범을 보이는 것이 효과적인 교육 방법이다. 자녀들은 부모의 행동을 그대로 본받아 자기 부모에게 되돌려 주기 때문에 아이들이 어리다고 무시하지 말고 올바른 행동을 보여 주어야 한다.

세상이 급박하게 돌아갈수록

세상에 물질이 위력을 발휘할수록

세상이 개인주의와 이기주의로 빠져들어 갈수록

더불어 살아가는 조부모의 지혜가 더욱 필요하게 된다.

아이들이 어려서부터 조부모와 함께 사는 것은 책에서 배울 수 없는 많은 좋은 것들을 자연스럽게 체득하게 된다. 살아 움직이는 도서관인 조부모와 함께 사는 아이들은 행복하다.

21. 할아버지의 근육과 흰 머리　　　　　2014. 08. 20(수)

할아버지의 근육

아침에 손녀와 장난을 치는데, 아이가 힘자랑을 한다. 평소에도 할아버지와 팔씨름을 하면 지지 않으려고 두 손을 사용하는 녀석이다.

"서현이는 어떻게 힘이 그렇게 세요?"

아이는 잠시의 망설임도 없이 대답한다.

"그것은 다리에 근육이 생겨서 힘이 센 거예요."

평소 손녀는 유치원에서 발레를 배운다. 그 후로는 몸의 균형도 잘 잡을 뿐만 아니라 전체적으로 몸에 힘이 세졌다. 그러다보니 자기 몸에 대해 자신감이 생긴 것이다.

"그런데 할아버지는 왜 힘이 없을까요?"

"그것은 할아버지는 근육이 없어서 그렇지요."

"그러면 왜 할아버지는 근육이 없어요?"

할아버지의 질문이 이어지자 아이는 기다렸다는 듯이 말을 이어갔다.

"그것은 할아버지는 나이가 많아서 근육에 탄력이 적어져서 그렇지요."

이 말을 하고나서 아이는 의기양양하게 할아버지의 얼굴을 쳐다보았다.

"그래서 내가 할아버지를 보살펴 드리잖아요."

"어떻게 보살펴 주어요?"라고 질문을 하자 자기 손등을 입에 대고 손가락을 할아버지를 향해 가리키면서 입으로 바람을 불어댄다. 손녀는 그렇게 하면 자기의 힘이 상대방에게 전달된다고 생각하고 힘을 나누어 주는 행동을 한다. 감사하다는 표현으로 아이를 안아주자 소리를 지른다.

"할아버지, 너무 꽉 껴안지 마세요. 숨을 쉴 수가 없잖아요."

할아버지와 손녀의 정다운 대화는 이렇게 훈훈하게 마무리되었다. 할아버지는 만면에 미소를 머금으며 손녀의 아침 밥상을 차리기 위해 부엌으로 향했다. 즐거운 아침이었다.

할아버지의 멋진 흰 머리카락

며칠 후(2014. 08. 23(토))에 손녀가 새벽같이 할아버지 방에 왔다. 컴퓨터에 앉아 작업을 하던 할아버지는 여느 때와 다름없이 손녀를 반갑게 맞아준다. 이불에 누워 오순도순 이야기를 나누다가 손녀는 할아버지 뒤로 가서 머리카락을 만진다.

"할아버지, 검은 머리보다 흰 머리가 많아요."

"서현아, 흰 머리가 많아서 보기 싫어요?"

"아니에요. 흰 머리가 멋져요!"

잠시 후 아이는 다시 할아버지의 앞머리를 만졌다. 아까 흰 머리가 많다고 말한 것에 할아버지의 마음이 상한 것으로 생각했던지 손가락으로 머리를 쓸어내리면서 말했다.

"흰 머리카락과 얼굴이 잘 어울려요."

아이가 할아버지를 생각하는 것이 특별나다. 언제나 할아버지에게 좋은 말을 하는 편이다.

22. '건지다' 와 '고르다' 의 차이는?　　　2014. 08. 26(화)

오늘 아침은 조금 바빴다. 어제 사온 꽃게를 손질하느라 일찍부터 부엌에서 일을 했다. 살아있는 다섯 마리는 찜을 하고 두 마리는 찌개를 끓이는 데 넣었다. 열심히 게살을 먹던 손녀가 엄마에게 한 마디 한다.

"엄마, 전복을 먹고 싶어요."

"서현아, 우리 집에 전복이 없는데. 혹시 홍합을 이야기하는 것 아니야?"

"네, 맞아요. 찌개에 있는 홍합을 먹고 싶어요."

나는 얼른 부엌에 가서 홍합을 네 개 건져서 그릇에 담았다. 먹음직한 홍합을 손녀에게 건네며 말했다.

"서현아, 할아버지가 홍합을 건져가지고 왔다."

서현이가 물끄러미 쳐다보더니 그리고 한 마디 했다.

"할아버지 건진 것이 아니라 골라서 가지고 온 거지요."

손녀는 할아버지가 '홍합을 건졌다' 라는 말 대신에 '홍합을 골라서 가지고 왔다' 라고 말해야 함을 일깨워 주었다. 손녀는 '틀리다'와 '다르다' 도 구분해서 사용하고 있다. 벌써 할아버지의 언어 수준을 넘어서고 있는 것 같다.

23. 생명이 있는 물고기는 함부로 만지면 안돼요! 2014. 10. 11(토)

요즘 외손녀의 언어 사용은 어른들을 놀라게 할 정도로 빠르게 발달하고 있다. 어제 저녁 비닐에 물을 담고 종이조각을 작게 잘라 그 속에 넣는 놀이를 하였다. 혼자서 한참을 놀던 아이가 할아버지의 동참을 요청하였다.

"할아버지, 이 어항에 물고기들이 잘 움직이지요?"

처음에는 종이를 오려서 넣었다가 종이가 물에 젖어서 가라앉으니까 포장지를 잘라 물고기 역할을 하게 한 터였다.

장난삼아 한 마디 했다.

"할아버지는 물고기를 좋아하니까 맛있게 구워먹고 싶어요."

그 말을 들은 손녀가 하는 말이

"할아버지, 생명이 있는 물고기는 함부로 만지면 안돼요. 물고기를 먹지 마세요."

잠시 후 손녀는 커다란 바가지를 가져와서 비닐봉지에 담았던 물을 바가지로 옮겼다. 비닐봉지에 물을 담아 놀다가 보니 불편함이 발생하였던 모양이다. 그러면서 하는 말 "할아버지, 이제 어항 바꾸기를 마쳤어요."

"서현아, 왜 그렇게 하니?"

"할아버지, 이렇게 하는 주목적은 거실에 물을 흘리지 않게 하는 거예요."

"서현아, 주목적이라는 게 무슨 말이야?"

"할아버지, 그것은 중요한 일이라는 뜻이에요. 할아버지는 잘 알면서……."

요즘 아이가 사용하는 단어의 수준이 부쩍 향상된 것 같아 기분 좋은 밤이었다.

24. 할아버지, 그러면 부담스럽습니다   2014. 10. 27(월)

손녀는 요즘 유행하는 '수족구병'에 걸려 유치원에 등원하지 못하고 집에서 지내고 있다. 모레까지는 집에서 지내야 할 것 같다. 오후가 되어 아이와 함께 사무실이 있는 유성으로 갔다. 자동차를 주차하고 손을 잡고 걸어갔다. 어느 호텔 옆을 지나는데 빵 냄새가 코를 찔렀다. 손녀가 내 얼굴을 쳐다보며 한 마디 한다.

"아, 고소한 냄새가 나는구나."

물론 할아버지도 그 냄새를 맡았다. 아무 생각없이 손녀에게 말했다.

"정말 고소한 빵 냄새구나."

손녀의 말에 맞장구를 쳐 주던 나는 손녀가 빵을 먹고 싶다는 생각임을 알아차렸다. 수족구병으로 고생하는 손녀는 집에서 지내는 동안 식사도 제대로 못했다. 아침에도 평소의 식사량의 절반에도 못 미칠 정도의 양만 먹었다. 고소한 빵 냄새가 식욕을 자극했는가 보다. 손녀의 얼굴 표정을 살피던 내가 아이에게 물었다.

"서현아, 할아버지가 빵을 사 줄까?"

"예, 할아버지! 제가 먹고 싶은 것을 고를게요."

빵을 사서 사무실에 오자마자 손녀는 자기가 들고 온 빵 봉투에서 빵을 하나 꺼내든다.

"할아버지, 이걸 드셔보세요."

"아니다. 서현이가 먹어라. 배가 고프지 않니?"

"괜찮아요. 어른들과 함께 나눠먹어야 해요."

"그럼 하나만 주렴"

"아니에요. 그러면 제가 많이 부담스럽죠."

"서현아 괜찮다."

"4개 중 절반을 드릴게요. 할아버지 드세요."

아이의 배려를 거절할 수 없어서 내가 두 개를 먹기로 하자 아이는 그제야 안심을 하는 눈치다. 아이는 신이 나서 빵 한 개를 들고 맛있게 먹었다.

25. 할아버지의 용돈   2014. 11. 21(금)

손녀는 요즘 저금을 하는 데 열심이다. 자기 엄마가 용돈을 주면서 돈을 많이 모으면 손녀가 좋아하는 것을 사 준다고 했기 때문이다. 집에 떨어져 있는 동전을 발견하면 얼른 저금통에 집어넣기가 바쁘다. 용돈 받는 일에 재미를 들인 손녀는 저녁에 목욕을 하고나서 집 청소를 했다. 유치원 숙제까지 마친 손녀에게 거금 200원을 주었다. 기분이 좋아진 손녀는 할아버지에게 뽀뽀를 해 주면서 '할아버지 최고'라고 외친다. 어제 저녁에는 그 모습이 귀여워 손녀에게 100원짜리 동전을 하나 주었다.

감기로 고생하는 손녀가 아침에 겨우 일어나면서 하는 말이다.

"할아버지, 어제 저녁에 할아버지 꿈을 꾸었어요."

"무슨 꿈인데?"

"할아버지가 저한테 용돈을 많이 주시는 꿈을 꾸었어요."

아이가 용돈이 필요한지 알아보기 위해 장난기 섞인 말투로 말했다.

"서현아, 할아버지는 돈이 별로 없는데 어떡하지?"

"할아버지, 용돈 안 주셔도 돼요. 꿈만 꾸는 것도 좋아요."

손녀는 할아버지에게 용돈을 많이 달라는 말을 우회적으로 표현한 것이었다.

서현이는 큰 저금통 한 개와 작은 저금통 한 개를 가지고 있다. 저금통의 용도는 조금 다르다. 큰 저금통은 자신이 갖고 싶은 것을 사기 위해 저금을 하는 저금통이다. 다른 하나는 서현이가 할아버지에게 용돈을 주겠다고 선심을 쓰는 저금통이다. 서현이는 돈이 생기면 언제나 저금통에 돈을 곧 바로 넣는다. 500원짜리 동전은 큰 저금통에, 100원짜리 동전은 작은 저금통에 넣는다.

며칠 후 손녀와 놀다가 한 마디 건넸다.

"서현아, 할아버지가 서현이 용돈으로 100원을 줄게."

"고맙습니다 할아버지. 이 돈으로 저금할게요."

동전을 저금통에 넣고 나서 할아버지에게 오더니 귓속말을 한다.

"할아버지, 나중에 돈 300원을 주시면 큰 저금통에 200원을 넣고 100원은 작은 저금통에 넣을게요."

"왜?"

"할아버지도 돈이 없을 때도 있잖아요. 작은 저금통에 돈을 모았다가 할아버지 용돈이 없을 때 용돈으로 드릴게요."

"고맙다 서현아!"

26. 왜 엄마의 허락이 필요해요?　　　2014. 12. 04(목)

오늘 저녁도 손녀와 함께 외출을 했다. 한참을 걷다가 아이가 질문을 했다.

"할아버지, 이따가 사먹고 싶은 게 있는데 엄마의 허락을 받아야 하지요?"

"그럼, 엄마의 허락을 받아야 하지."

"그런데, 할아버지는 어른이잖아요. 우리 집에서 제일 나이 많은 어른인데 왜 엄마의 허락을 받아야 해요?"

"그건 말이야. 엄마가 먹지 말라고 한 건 먹으면 안 되기 때문이야."

아이는 자기가 먹고 싶은 것을 사기 위해 할아버지의 자존심을 건드리는 작전을 편 셈이다. 할아버지가 엄마보다 어른인데 왜 엄마의 허락을 받고 자기에게 사 주어야 하는가가 질문의 주된 요지다.

아이가 더 어릴 때는 무엇을 사 달라고 하면 돈이 없다는 말로 거절하였다. 주머니 사정이 여의치 않아서가 아니라 돈 씀씀이를 가르쳐 주기 위함이었다. 자칫하다가는 할아버지는 정말 돈이 없는 할아버지로 보일까봐 고심 끝에 최근에 엄마 핑계를 대기로 작전을 바꾸었다.

손녀를 키워주는 할아버지 입장에서는 아이 엄마의 허락을 받아야 할 사항들이 더러 있다. 그 중에는 아이에게 무엇을 사 주고 무엇을 사 주지 말아야 할 것인지도 포함된다. 특히 아이가 먹을 것에 대해서는 대부분의 엄마들은 나름대로 원칙을 가지고 있다. 이런 경우 조부모들은 아이 엄마의 원칙을 가능하면 지켜주도록 노력해야 한다. 아이의 강요에 못 이겨 원칙이 무너지면 다른 분야에서도 원칙이 무너지게 되기 때문이다.

아이가 성장하면서 절제와 기다림을 배우는 것이 중요하기에 할아버지는 손녀의 요구만큼 아이 엄마의 육아원칙을 존중해 주는 자세가 필요하다.

아침에 집을 나서는데 손녀가 한 마디 건넸다.

"할아버지는 어른스럽지 못 해요!"

"왜?"

"할아버지는 잘 놀아주지 않으니까요"

"아침에도 잘 놀아주지 않았니?"

사실 아침까지도 손녀와 나는 장난을 치며 잘 지냈던 터라 의아해서 질문을 한 것이다. 그러자 손녀는 나를 한 번 쳐다보더니 말을 이었다.

"할아버지는 놀아주는 것이 아니라 나를 약 올리는 거잖아요."

무슨 말인지 몰라 다시 질문을 했다.

"예를 들자면?"

"할아버지는 많이 놀아주지 않고, 놀 때도 나보고 '언니' 라고 부르잖아요."

그때서야 손녀가 말하는 뜻을 알아차렸다. 나는 손녀와 놀 때 할아버지라는 사실을 잊으려고 노력한다. 그래서 손녀에게 친구도 되고 동생도 되고, 학생도 된다. 그러다가 손녀가 가끔 자신과 할아버지의 관계를 생각하고 나의 행동에 대해 지적을 한다.

손녀가 할아버지에게 이렇게 말하는 진짜 이유는 따로 있다. 지난 2주간 손녀와 놀아주지 못 했기 때문이다. 1주간은 태국 여행을 했고, 1주간은 영상편집을 하느라 놀아주지 못 했다. 손녀가 그 동안 할아버지와 마음껏 놀지 못 했던 것을 마음에 담고 있다가 할아버지에게 표현을 한 것이라고 생각이 들었다.

손녀의 그 말에 미안한 마음이 든 나는 결국 손녀에게 미안하다는 말을 했다. 어른들의 작은 농담이나 장난이 아이에게는 마음의 상처가 될 수도 있다는 사실을 다시 한 번 깨달았다.

고맙다 서현아! 언제나 지금처럼 잘 자라다오.

28. 아버지, 도와 주세요! 2015. 01. 15(목)

최근에 아내는 눈에 이상을 생겨 안과치료를 받고 있다. 강릉과 대전에서 진료를 받다가 서울에 있는 안과전문병원을 거쳐 삼성의료원으로 가게 되었다. 주말을 강릉에서 보내고 월요일에는 아내와 함께 대전에 와서 아이들과 지냈다.

아이들과 화요일 아침 예약한 진료시간에 늦지 않게 일찍 집을 나섰다. 병원에 도착하니 이미 많은 사람들로 붐볐다. 어느 병원을 가

나 아픈 사람이 이렇게 많다니 놀랍다.

담당 의사는 막내 처남과 대학 동기생이었는데 친절하고 정확하게 진단을 내려주었다. 환자에게는 무엇보다 자신을 괴롭히는 병의 정확한 원인과 해결책이 중요한데 담당 의사인 우경인 선생은 아내와 나의 마음을 편안하게 해 주었다. 앞으로 몇 주 동안 병원을 방문해서 치료와 처방을 받으라고 한다. 힘들게 만난 명의에게 감사한 마음이다.

진료를 마치고 다시 강릉으로 갔다. 아내를 강릉에 데려다 주고 이번 주는 강릉에서 계속 지내기로 마음을 먹었다.

수요일 오후 대전에 있는 딸이 급하게 전화를 했다. 몸이 많이 아프니 목요일에 대전으로 와서 손녀를 좀 봐 줄 수 있느냐고 물었다. 그것은 "아버지, 제가 아프니 도와주세요!" 라는 말이었다. 딸의 급한 마음을 알았기에 그러마하고 약속을 했다. 머릿속은 여러 가지 생각으로 복잡하였다. 얼마나 아프기에 도와 달라고 전화를 한 것일까?

목요일 손녀가 유치원에서 돌아오는 시간에 맞춰 대전에 도착했다. 아이를 피아노 학원에 데려다 주고나서 인근에 있는 커피숍에서 잠시 휴식을 취했다. 학원 수업이 끝난 손녀와 함께 마트에 가서 예쁜 머리핀 두 개를 구입했다. 내일 유치원에서 생일파티가 열리는데 손녀는 두 명의 친구에게 머리핀을 선물하고 싶어했기 때문이다.

집에 돌아오니 딸은 이미 안방에서 잠을 자고 있다. 지난 한 주간 동안 몸을 많이 움직인 탓에 많이 힘들어한다. 아직 몸이 정상으로 돌아오지 않았다는 증거다. 언제쯤 남들처럼 건강한 몸으로 자신의 일을 하면서 살아가게 될까 생각해 본다.

29. 손녀 병설유치원에 입학하다　　　2015. 03. 07(토)

　손녀는 지난 2년 동안 집에서 6킬로미터 정도 떨어진 사립유치원에 다니다가 신학기부터 집 근처에 있는 초등학교 병설유치원에 다닌다. 병설유치원이 집에서도 가깝고 경제적인 부담도 적어서 좋다. 그대신 아침저녁으로 아이를 직접 데리고 다녀야 하는 불편함은 감수해야 한다. 아이는 병설 유치원에 잘 적응하고 있다. 언제나 싱글벙글 웃으면서 다닌다. 아이가 좋아하는 것을 보는 어른들의 마음은 편하다.

　요즘처럼 사립유치원과 어린이집에서 불미스런 일이 발생할 때면 아이를 둔 가정에서는 늘 불안한 것이 사실이다. 교육이라는 것이 마음처럼 쉽지 않지만 적어도 어린아이를 가르치는 교사라면 제일 먼저 아이를 진정으로 사랑하는 마음이 있어야 한다. 아이들이 자기 자녀라고 생각하면서 가르쳐야 한다. 철이 덜 들고 부족하기 때문에 어린이집이나 유치원에 다니면서 배우는 것이다. 아이들의 말이나 행동을 어른들의 기준으로 평가하거나 대한다면 크게 잘못된 판단이다.

어린 새싹을 함부로 다루지 말아야 한다. 그들이 제대로 성장하지 못하면 우리 사회는 큰 위기를 맞게 된다. 나의 자녀들도 소중하지만 남의 자녀도 소중함을 잊지 말아야 한다. 나와 이웃이 함께 잘 사는 것이 진정한 행복이기 때문이다. 더불어 살아야 하는 세상에서 남을 나보다 낫게 여기는 자세가 필요하다.

30. 『믿음 그 위대한 유산을 찾아서 2』를 출간하다　　2015. 03. 10(화)

오늘은 『믿음 그 위대한 유산을 찾아서2』가 세상에 나온 날이다. 퇴직하고 나서 세 번째 책이 내 이름으로 출간된 뜻깊은 날이다. 1885년 우리나라에 처음으로 미국 선교사가 들어와서 기독교를 전파한 이후 130년의 세월이 흘렀다. 이 책은 지난 130년 동안 기독교 신앙을 잘 이어오는 가문을 찾아 그들의 신앙행적을 기록한 것이다. 『믿음, 그 위대한 유산을 찾아서 1, 2』를 기록하기 위해 나는 전국에 세워진 교회 중 설립된 역사가 100년이 넘은 교회를 찾아다녔다. 2013년 3월에 출간한 1권을 집필하기 위해서는 300여 개 교회를 방문해서 자료를 수집했다. 이번에 출간한 2권은 400여 개 교회를 더 방문해서 기록하였다.

이러한 책을 집필하기 위해서는 지역을 돌면서 교회를 방문하거나 사람들을 만나야 한다. 연간 평균 자동차 주행 거리가 4~5만 킬로미터 정도 된다. 평일에는 아침에 출발해서 오후 5시 경에 집으로 돌아오는 경우가 적지 않았다. 사위가 집으로 오는 주말에는 그보다 더 많은 시간을 확보할 수 있다. 1주일에 평균 한 번 정도 자료수집을 위해 돌아다녔다. 그렇게 해서 지금까지 40만 킬로미터가 넘는 거리를 운전하고 다닌 것이다. 앞으로도 가능하다면 전국에 있는 100년 된 교회를 모두 방문해서 일제시대와 6·25전쟁 기간 동안에도 신앙의 정절을 지킨 가문들의 이야기를 후세에 남기고 싶다.

31. 밤하늘에 무수한 별이 있어요   2015. 03. 16(월)

손녀와 함께 밤길을 걷는데 손녀가 한 마디 한다.

"할아버지, 저기 별이 한 개 있어요. 그리고 저기도 있어요."

손녀의 말을 듣고 고개를 들어 하늘을 보니 밤하늘에는 구름이 가득하다. 내 눈에 별은 보이지 않았다. 그런데 손녀는 어두운 밤하늘을 보았다고 한다. 구름으로 덮인 밤하늘에서 손녀는 반짝이는 별을 발견한 것이다.

조금 더 걸어가다가 다시 하늘을 쳐다보더니 말을 하였다.

"할아버지 밤하늘에 무수한 별이 있어요."

물론 이때도 밤하늘은 구름이 많았고 달이 겨우 보일 정도였다.

"서현아, 무수한이 무슨 뜻이야?"

"할아버지 그것은 셀 수 없을 정도로 많다는 뜻이에요."

할아버지의 테스트는 싱겁게 끝이 나버렸다.

손녀는 '무수한' 이라는 말의 뜻을 정확하게 알고 그것을 정확하게 사용할 줄 알았던 것이다. 구름 사이로 숨은 밤하늘의 별을 볼 수 있는 아이의 마음이 부럽다. 살아가면서 상상력이 풍부한 것도 많은 도움이 될 것이다. 이 할아버지의 메마른 가슴에 어린 시절의 추억을 떠올리게 해 준 손녀가 고맙다.

32. 뮤지컬 공연　　　　　　　　　　2015. 04. 17(금)

외손녀가 백화점 문화센터에서 공연한 뮤지컬 〈오즈의 마법사〉에 출연했다. 강아지 '토토' 역으로 출연한 손녀는 10여 분 동안 진행된 뮤지컬에서 최선을 다해 자기 역할을 잘 해냈다. 공연이 끝나고 아이는 엄마가 건네주는 꽃다발을 들고 흐뭇한 미소를 지었다.

손녀에게 이번 뮤지컬 공연은 세 번째다. 첫 번째가 〈헨젤과 그레텔〉이고 두 번째가 〈꽃들의 합창〉이었다. 우리는 손녀가 뮤지컬 배우가 되라고 이런 프로그램에 참여 시키는 것은 아니다. 아이가 어릴 때 다양한 경험을 해 봄으로써 자신의 특기를 찾을 수 있기를 바라는 마음이 크다. 손녀는 어린이날에 자기 엄마와 함께 어린이 뮤지컬을 관람한 후 관심을 가지고 엄마를 졸라서 뮤지컬을 배우게 된 것이다.

백화점 문화센터에서 운영하는 극단에 등록한 아이는 5개월 넘게 '뮤지컬'을 배웠다. 그러다가 막상 공연을 하기 위해 연습에 들어가자 처음에는 좋아하던 아이가 공연 직전에는 힘들어했다. 선생님들이 아이들에게 실수하면 안 된다고 여러 번 주의를 준 것 때문에 아이는 많은 부담감을 가지고 있었던 것 같다. 어른들의 설득에 마음에 안정을 찾은 아이는 무사히 공연을 마칠 수 있었다. 그 일로 아이 엄마는 선생님에게 오해를 샀다.

"집에서도 연습을 많이 시키면 애들이 많이 힘들어해요."

이 말을 들은 아이 엄마는 당연히 억울해 했다. 사실 집에서 연습을 시킨 적도 없고 아이가 뮤지컬 구경을 하고 나서 배우겠다고 엄마를 졸라서 시작된 것인데 지금은 오히려 아이 엄마가 극성 엄마로 오해를 받고 있는 상황이 되었다.

두 번째와 세 번째는 아이가 적극적으로 공연에 나섰다. 공연을 마치고 물어보았다.

"서현아, 공연하는 것 두렵지 않았어?"

"괜찮아요, 재미있었어요."

"저번에는 하기 싫다고 했었잖아."

"그때는 처음이어서 그랬고, 지금은 훈련이 되어서 좋아요."

아이의 이런 태도 변화에 어른들은 기뻤다. 큰 수확을 거둔 셈이다. 사람들을 대하고, 무대에서 자신을 표현하는 데 두려움이 없다는 것은 인생을 살아가는 데 크게 도움이 될 것이기 때문이다. 어쨌든 아이에게 뮤지컬이라는 것을 한 번 경험해 보게 하는 것은 좋은 추억이 될 것으로 생각한다.

아쉽게도 백화점 문화센터가 리모델링을 하는 바람에 손녀의 뮤지컬 수업은 이번으로 끝이 났다. 아이 엄마의 말로는 초등학교에 입학하고 나서 기회가 되면 다시 수업을 받게 하겠단다.

50대가 되어서야 겨우 뮤지컬을 관람할 수 있었던 할아버지에 비해 손녀는 열 살도 안 되어서 뮤지컬 공연을 한다는 것이 너무 자랑

스럽다. 우리의 살림살이가 그만큼 좋아졌다는 뜻이기도 하다.

33. 친구를 위한 기도　　　　　　　　2015. 05. 22(금)

어제 저녁 잠자리에 들기 전에 손녀의 손을 잡고 기도를 시작했다. 요즘 손녀가 아파서 병원에 몇 차례 다녀온 적이 있어서 건강하기를 기도 하는데 아이가 눈을 뜨고 말을 건넨다.

"할아버지, 친구 서윤이도 열이 나고 몸이 아픈데 기도해 주세요."

서윤이는 같은 아파트 단지에 살고 있는 유치원 친구다. 시간이 나면 함께 놀이터에서 놀기도 하고 가끔 친구 집에 놀러가기도 하는 단짝 친구다. 요즘 그 친구도 아프다. 손녀는 할아버지가 기도를 할 때 그 친구의 건강을 위해서도 기도해 주기를 원했던 것이다. 우리는 다시 손을 잡고 기도를 했다. 친구의 병이 낫게 해 달라는 기도를 들으면서 손녀는 편안하게 잠이 들었다.

친구가 아픈 것을 염려해 주는 아이의 마음이 너무 아름다웠다. 어른들은 언제쯤 실리를 따지지 않고 남을 사랑하고 보살펴 줄 수 있을까?

"이것은 현실이 아니야.'"

아이가 소파에 거꾸로 누워서 할아버지 얼굴을 쳐다보다가 던진 말이다. 소파에 거꾸로 누워서 할아버지 얼굴을 보니 할아버지가 공중에 떠 있는 형상으로 보인다고 말을 하였다.

"그런데 할아버지는 왜 아래로 떨어지지 않지?"

조금 있다가 손녀는 말했다.

"이것은 현실이 아니야."

깜짝 놀란 나는 손녀에게 물었다.

"서현아, 현실이 뭐야?"

그러자 손녀는 모른다고 했다. 그냥 넘어갈 할아버지가 아니다. 잘 모르면 설명해 줄 생각을 하고 다시 물었다.

"서현아, 현실이 무언지 몰라?"

"할아버지, 현실은 꿈이 아니라는 거예요."

아이는 현실에 대해 정확한 의미를 알고 있었고, 그것을 적절하게 사용한 것이다. 그 설명을 들은 나는 한바탕 큰 소리로 웃었다. 그랬더니 손녀는 왜 그렇게 웃느냐고 다시 질문을 했다. 이래저래 기쁜 웃음이 넘치는 아침이었다.

　　아침에 일어난 손녀가 막힌 코를 뚫기 위해 손가락을 콧속으로 집어넣었다. 이를 본 할아버지가 한 마디 건넸다.

　　"코를 그렇게 하면 아프단다."

　　손녀의 대답이다.

　　"할아버지, 코가 막혀서 코딱지를 꺼내야 해요."

　　비위생적이라는 말을 하고 싶은 할아버지가 돌려서 말을 했다.

　　"서현아, 그 코딱지 할아버지 주세요. 맛있을 것 같으니까 할아버지가 먹을게."

　　그러자 손녀는 정색을 하며 할아버지에게 한 마디 했다.

　　"할아버지, 제가 코딱지를 최초로 먹었는데요 맛이 없어요. 절대로 잡수시면 안 돼요."

　　할아버지가 왜 그런 소리를 했는지 손녀가 그 의미를 알기나 한 것일까? 그렇게 손녀와 할아버지는 아침을 보내면서 대화를 이어 갔다.

아침 식사시간에 손녀는 밥상에 오른 새로운 반찬에 호기심을 보였다. 아이의 모습을 본 아이 엄마가 '비름나물' 이라고 하자 처음 본 비름나물을 조심스럽게 한 젓가락 맛을 보았다. 자기 입맛에 맞음을 확인한 손녀는 이번에는 비름나물을 기억창고에 저장하는 작업에 들어갔다.

"비름나물, 비름나물……."

약 20여 회에 걸친 암송을 마친 손녀가 이번에는 작은 수첩을 꺼내들었다. 유치원에서 아이들에게 전달할 사항이 있을 때 손녀가 전달 내용을 적는 작은 수첩이다. 아이는 그 수첩에 '비름나물' 이라고 적었다. 유치원에 가서 친구들에게 가르쳐 줄 거라고 했다. 맛이 좋았던 모양이다.

이처럼 손녀의 암기법은 간단하다. 처음 보거나 듣는 것은 여러 번 반복해서 발음한다. 입에 익숙해질 때까지 계속해서 반복한다. 그 다음에는 다시 한 번 그 단어의 뜻을 이해한다. 그리고는 다시 자기가 하던 일을 계속하는 식이다. 며칠이 지나서 물어보면 아이는 정확하게 단어의 의미를 설명해 준다. 가끔씩 할아버지가 장난삼아 잘 모른다고 하면 아이는 주저 없이 조언을 해 준다.

"할아버지, 그러니까 제가 처음 보는 것은 종이에 적어두고 외우

라고 했잖아요."

그래도 잘 잊어버린다고 하면 "할아버지, 자꾸 연습해 보세요. 그러면 잘 기억할 수 있어요."

37. 손녀가 똑똑한 이유는?   2015. 07. 01(수)

며칠 전 아이는 놀이터에 가고 싶다고 했다. 집 근처에 있는 놀이터였는데 나는 그 위치를 알지 못 했다. 그래서 그 곳을 한 번도 가본 적이 없어 모른다고 했더니 아이는 내 손을 잡고 골목길을 돌아 자기가 원하던 놀이터로 데리고 갔다.

그 일 이후 3일 정도 지나서 또 다시 그 놀이터에 가는 길에 손녀가 할아버지를 쳐다보며 말했다.

"할아버지, 저는요 할아버지를 닮아 똑똑한 것 같아요."

무슨 말인가 싶어서 물어보았다.

"서현아, 할아버지는 똑똑하지 않은데 왜 그렇게 생각하니?"

"할아버지, 할아버지는 길을 잘 찾기 때문이에요. 저도 길을 잘 찾거든요. 저는 한 번 가본 길은 다음번에도 잘 찾아갈 수 있어요."

터져 나오는 웃음을 겨우 참으며 말했다.

"서현아, 사실은 할아버지보다 엄마, 아빠가 더 똑똑하단다."

이 말은 진심이다. 우리 집에서는 내가 가장 똑똑한 것이 아니라 그 반대다. 그러나 손녀는 할아버지의 말을 곧이곧대로 믿어주지 않았다.

"아니에요. 할아버지가 똑똑하니까 저도 똑똑한 거예요."

아이는 자기가 길을 잘 찾는 것이 할아버지를 닮았다고 생각하며 활짝 웃었다. 어린 손녀의 손을 잡고 아이들의 시선을 따라 세상을 바라보는 것도 꽤 즐거운 일이다.

이것도 격대교육이 될 수 있을까? 자신이 똑똑한 것이 할아버지를 닮아서 그렇다고 생각하는 손녀가 고맙다. 내가 손녀에게 많은 것을 해 줄 수는 없다. 그러나 내가 할 수 있는 범위 내에서는 가장 좋은 섯으로 불려주고 싶다. 이것이 현실이다.

38. 메르스의 교훈　　　　　　　　　2015. 06. 24(수)

아침에 아이 엄마가 "아버지 체온계가 어디 있는지 아세요?"라고 물었다. 유치원에서 아이가 등원하기 전에 체온을 측정해서 통보해 달라고 했기 때문이란다. 최근에 전국적으로 맹위를 떨치고 있는 메르스(중동호흡기증후군, Middle East Respiratory Syndrome) 예방책이었다. 유치원에서는 메르스가 유행하고 나서 한 달이 지나서야 교육부로부터 아이들의 체온을 매일 체크하라는 지시를 받았다. 그래서 유치원에서는 가정에서 체크해도 좋고, 아니면 유치원에서 매일 체온을 체크한다고 가정으로 연락을 취한 것이다.

그러나 어렵게 찾아낸 체온계는 먹통이었다. 배터리가 다 소모된 탓이었다. 집에 여분의 배터리가 없었다. 아침에 일찍 문을 여는 곳을 찾아 필요한 배터리(Ni-Cd)를 사야 했기에 식구들이 의논을 했다. 대형 마트에는 없을 것 같고 학교 앞 문방구에는 있을 것 같았다. 학교 앞 서점은 아침 일찍 문을 열 것 같지 않아 문방구에 들러서 사야 될 것 같다고 이야기를 하였다. 옆에서 어른들의 말을 듣고 있던 손녀가 거들었다.

"제 기억으로는요 알파 문방구가 아침에 일찍 문을 열 것 같아요. 아마 거기에는 배터리도 있을 거예요."

대체로 이런 식이다. 아이는 자기 생각을 표현할 때 절대적인 방법이 아니라 매우 조심스럽게 의사를 표현한다. '제 생각으로는' 아니면 '제 기억으로는' 등으로 상대방의 의견을 존중하면서 자신의 주장을 이야기 한다.

결국 아이의 제안을 따라 문구점에 가서 배터리를 샀다. 체온이 이상 없음을 확인하고 나서 아이를 유치원에 데려다 주었다.

메르스가 이제 진정될 기미가 보인다. 옛 속담에 "소 잃고 외양간 고친다."는 말이 있다. 지난해 미리 메르스 대응 훈련을 한 병원이 서울에 두 군데 있다는 보도를 접했다. 물론 그 병원에서는 문제가 발생하지 않았다고 한다. 제발 앞으로는 메르스 사태와 같은 무질서, 무능이 없었으면 좋겠다. 정부뿐만 아니라 대형 병원에서도 마찬가지다. 병원의 명성이나 크기가 문제가 아니라 누가 적절한 대비를 하느냐가 문제해결의 열쇠를 쥐고 있는 것이다.

비단 감염 문제뿐만 아니라 우리의 삶에서 미리 준비하고 대비하는 것이 중요하다는 것을 깨달은 계기가 되었다. 문제가 발생했을 때 우왕좌왕하지 말고 미리 예측하고 거기에 대한 대비를 할 수 있는 사람과 나라가 진정 필요하기 때문이다.

며칠 전 피아노 교습을 마친 손녀를 태우고 집으로 가는 길이었다. 옆 좌석에 앉아서 창밖을 내다보던 아이가 질문을 한다.

"할아버지, 심마니가 뭐예요?"

갑자기 웬 심마니에 대해 질문을 하느냐는 생각을 하면서 물었다.

"왜 그런 질문을 하니?"

"할아버지 저기에 심마니라는 글자가 있어요."

차창 밖을 보니 길가 건물 위에 심마니라고 쓴 간판이 건물 위에서 있었다. 아이가 그것을 보고 질문을 한 모양이다. 나는 심마니에 대해 설명해 주었다. 그러나 아이는 무언가 만족하지 못하는 것 같았다.

운전을 하느라 상황을 제대로 파악하지 못한 나는 '심마니'라는 간판이 길 양편에 있는 여러 개의 식당 가운데 하나의 간판이라고 생각했다. 미심쩍은 마음이 들었으나 나름대로 정리를 해서 손녀에게 '제일식당'처럼 '심마니식당'이라는 식당이라고 설명을 했다. 그러자 손녀는 또 다시 물었다.

"할아버지, 왜 사람들은 식당 이름으로 심마니라는 말을 써요?"

그때까지만 해도 나는 심마니라는 글자가 식당 간판이라고만 생각했다. 그래서 식당 이름은 사람들이 부르기 좋고 기억하기 좋은 것을 골라 이름을 사용한다고 다시 설명했다.

"서현아, 식당 이름을 지을 때는 사람들이 좋아하는 이름을 짓는단다."

"할아버지, 사람들은 왜 관련이 없는 이름을 써요?"

그 말을 들은 나는 정신이 번쩍 들었다. 아이는 심마니라는 말의 뜻은 이해하지만 그것이 식당이름으로 사용되었다는 사실이 이해가 안 되었던 것이다. 아이 생각에는 심마니라는 말을 사용하려면 적어도 그 식당에서 산삼과 관련된 음식을 제공해야 한다는 것이었다.

오늘 오후 그 곳을 지나가다 자세히 보니까 심마니는 식당 이름이 아니라 그냥 붙여진 광고였다. 그곳에는 산삼을 구입하고 판매하는 사업을 하는 사람이 살고 있다는 생각이 들었다. 며칠 전 손녀가 의심을 품었던 것이 사실은 할아버지의 관찰 잘못으로 판명이 났던 것이다. 집에 돌아가서 손녀에게 다시 설명을 했다. 그제야 손녀는 자신의 의심을 풀고 웃었다.

40. 자동문과 반자동문　　　　2015. 07. 01(수)

손녀와 함께 집 근처 빵집에 갔다. 빵집으로 들어가려면 출입문에 달린 버튼을 눌러야 한다. 그런데 사람 손으로 눌러야 하는 버튼에 '자동문' 이라고 적혀 있었다. 글자를 읽고 난 손녀가 말했다.

"할아버지, 자동문이 뭐예요?"

"그것은 사람이 문 가까이 가면 자동으로 문이 열리는 것이란다."

"그런데 이 문은 왜 자동으로 안 열려요?"

아이의 질문을 받고 생각해보니 이 가게의 문은 자동문이 아니라 '반자동문'이었다. 사람들이 출입문 중간에 '자동문'이라고 써놓은 버튼을 눌러야 비로소 문이 열리는 방식이었다. 반면 가게에서 밖으로 나올 때는 사람이 출입문 가까이 가면 자동으로 열리는 이름 그대로 '자동문' 역할을 하고 있다. 가게 내부의 온도 조절과 손님들의 편의를 위해서 그 가게에서는 들어갈 때는 반자동문을 거치고, 나올 때는 자동문을 거치도록 해 둔 것 같다.

아이는 대형 마트나 백화점 같은데서 볼 수 있는 자동문은 사람이 가까이 가면 문이 '자동'으로 열리는 것을 떠올리며 할아버지에게 계속 질문을 했다. 아이는 무슨 일이든 자신이 잘 모르는 것이 있으면 잘 이해할 수 있을 때까지 질문을 멈추지 않는다.

한편으로는 감사하고, 다른 한편으로는 힘들다. 아이가 지식을 쌓아가는 방법을 터득하고 있는 것처럼 보여 감사하지만 때로는 할아버지가 제대로 설명을 해 줄 수 없어서 미안하기도 하다.

41. 서현이 이 뽑던 날   2015. 07. 15(수)

며칠 전부터 아이는 이가 흔들린다고 엄마에게 말을 하였다. 음식을 먹을 때 느낌이 이상하다면서 자꾸 손가락을 입에 넣고 이를 흔들어보기도 한다. 어른들은 좀 더 심하게 흔들리면 치과에 가서 이를 뽑자고 아이를 달랬다. 아이는 그렇게 하마고 대답을 하지만 속으로는 무언가 불안함을 감추는 것 같다. 태어나서 처음으로 이를 뽑는다는 것이 신기하기도 하지만 얼마나 아플까 하는 두려움도 섞여 있기 때문이다.

내가 어릴 때는 부모님들이 흔들리는 이에 실을 동여매고 이마를 탁 치면서 실을 잡아당겨서 이를 뽑았다. 어떤 아이들은 문고리에 실을 매어놓고 문을 확 열면 이가 뽑힌다고도 했다. 어쨌든 예나 지금이나 첫 번째 이를 뽑는다는 것은 아이들에게 두려움을 안겨주는가 보다.

7월 10일 서현이가 태어나서 처음으로 앞니를 뺐다. 오후 4시 30분 약속시간에 맞춰서 롯데마트 앞에 있는 치과에 들렀다. 오늘이 두 번째 방문이다. 첫 번째 방문 때는 흔들리는 것은 맞지만 조금 더 있어야 한다는 것이었다. 친절한 간호사의 안내를 받으며 서현이는 다소 긴장한 모습으로 진찰대에 올랐다. 마취약을 묻힌 테이프를 물고 있으라는 간호사의 지시에 아이는 무덤덤하게 반응했다. 조금 후에 의사 선생님이 가볍게 이를 뽑았다. 지혈을 하는 솜을 입에 물고 30분을 기다리면서 서현이는 연신 손거울을 들여다보았다. 이가 빠진 자신의 모습을 확인하고 싶어하는 눈치였다.

2시간 후에 저녁을 먹었다. 치과에서 건네준 이를 들고 신기해하던 아이는 자기 엄마가 집으로 돌아오자 달려가서 입을 벌리며 자랑을 한다. 사실 아이는 또래보다 조금 늦게 첫 번째 이를 뽑은 것이다. 아이 친구들 중에는 벌써 두 번째 이를 뽑은 아이도 있다.

며칠이 지나자 아이는 이가 빠진 자기의 모습에 적응하는 듯하다. 뺀 이 옆에 있는 이가 조금 흔들거리자 아이는 다시 이를 뽑아야 한다는 생각을 하고 있다.

우리 몸에서 반드시 교체되어야 하는 것 중에 영구치(永久齒)가 잘 올라오도록 유치(幼齒)를 뽑는 것이 제일 무섭고 힘들다. 시간도 오래 걸린다. 어린 아이에게 적합한 유치가 잘 빠져야 죽을 때까지 사용할 영구치가 제대로 올라 올 수 있다. 옛날 어른들은 다섯 가지 복(福)중에 건강한 치아를 포함시켰다. 나는 그 이유를 나이 50이 넘어서야 깨달았으니 늦게 머리가 깨이는 편인가 보다.

그나저나 서현이가 평생 사용할 영구치가 잘 올라와야 할 텐데…….

42. 할아버지가 더 나빠요   2015. 07. 16(목)

어제 저녁 서현이와 놀다가 한 마디 들었다. 아이와 함께 놀다보면 할아버지는 방법이 서툴러 가끔 아이를 불편하게 만들기 때문이다.

"할아버지는 왜 자꾸 나를 놀려요?"

"아니, 할아버지는 서현이가 좋아서 그런단다."

"엄마도 저를 놀리거든요. 그건 할아버지를 닮아서 그런 거예요."

"아니야, 엄마는 서현이를 사랑하기 때문에 그러는 거란다."

그러자 아이는 정색을 하며 나에게 그 이유를 설명한다.

"할아버지가 저를 놀리죠? 엄마는 할아버지 딸이니까 엄마가 유치원에 다닐 때 놀렸으면 엄마가 그걸 배웠을 거 아니에요. 그러니까 엄마는 그게 습관이 되어 지금 저를 놀리는 거예요."

할 말이 없어 가만 있으니까 아이가 이야기를 계속했다.

"그러니까 할아버지가 더 나빠요. 할아버지는 엄마가 어렸을 때는 엄마를 놀렸고, 지금은 그 버릇을 고치지 않고 저를 놀리잖아요. 할아버지 그러니까 '세살 버릇 여든까지 간다.' 라는 속담도 있잖아요."

정말 무어라 할 말이 없다. 그냥 오늘만은 나쁜 할아버지로 남고 싶다.

43. 귀여운 배신자? 2015. 08. 14(금)

외손녀는 할아버지인 나를 무척이나 좋아하고 따른다. 엄마가 외

184

출해도 할아버지만 있으면 언제나 싱글 벙글 웃으며 지낸다. 태어나서 지금까지 5년 반이 넘도록 식구 중에서 나와 함께 보내는 시간이 제일 많다. 내가 밥을 해 먹이고 목욕시키고, 빨래를 해 줄 뿐만 아니라 늘 함께 놀아준다.

그러다가 최근에 아이가 귀여운 배신을 하였다. 어제 저녁 사위가 주말을 맞아 집으로 왔다. 늦은 저녁을 세 명이서 함께 먹었다. 아이는 자기 아빠를 졸졸 따라다니며 쉴 새 없이 종알거린다. 저녁 식사가 끝나갈 무렵, 아이는 "아빠 물 가져 올게요." 하면서 자리에서 일어나 냉장고로 갔다. 잠시 후 아이는 물병 두 개를 가지고 돌아왔다. 하나는 자기 아빠를 주고 다른 하나는 자기가 마셨다. 아이는 지금까지 한 번도 식사 중에 나를 위해 물을 가지고 온 적이 없다. 오히려 물을 마시고 싶으면 나에게 물을 가져달라고 부탁하거나 명령하던 아이였다.

잠자리를 고르고 잠시 누워있는데 식사를 마치고 나서 외출을 했던 딸 내외가 빙설을 사 가지고 돌아왔다. 아이는 아빠에게 맛있는 빙설이라고 하며 한 번 먹어보라고 한다. 자기는 얼굴은 엄마를 닮았지만 식성은 아빠를 닮았다고 하면서 먹으라고 재촉을 했다. 내가 숟가락을 들고 먼저 먹으니까 아이는 조금 기다리라고 한다. 장난삼아 "내가 어른이니까 먼저 먹어도 된다."라고 말하자 아이는 "할아버지, 아빠는 이것을 한 번도 먹어보지 못했어요. 할아버지는 며칠 전에 이것을 사 먹었잖아요."라고 말하면서 빙설 그릇을 자기 아빠

앞에 갖다 놓았다.

올 12월이면 만 6세가 되는 손녀는 할아버지와 아빠에 대한 태도가 많이 다르다. 할아버지는 함께 놀아주는 사람, 자기 부탁을 잘 들어주는 사람이다. 아빠는 무언가 말로는 표현할 수는 없지만 자기가 가장 사랑하는 사람이다.

손녀의 작은 변심에 할아버지는 감사하기도 하고 조금은 섭섭하기도 하였다. 자기를 키워주는 할아버지를 좋아하는 것은 귀한 일이다. 아이가 자기 아빠를 좋아하는 것은 매우 중요한 일이다. 우선순위를 따지자면 아빠와 엄마를 더 사랑해야 한다. 서현아 잘 자라줘서 고맙다.

44. 손녀는 꼬마 과학자   2015. 09. 02(수)

지난 주 수요일 저녁, 교회에 가기 전에 교회 근처의 식당에서 식사를 했다. 나는 육개장, 손녀는 만두를 시켰다. 음식이 나오기 전에 반찬과 빈 그릇이 나왔다. 음식을 덜어 먹을 수 있는 '앞접시'가 뜨거웠다. 손녀가 질문을 하였다.

"할아버지, 이 접시는 왜 뜨거워요?"

"접시를 뜨거운 온도로 살균한 것이란다."

"그런데 살균이 뭐예요?"

"접시에 묻어 있는 나쁜 균을 뜨거운 온도에서 죽이는 거란다."

"할아버지, 우리 몸에 유익한 균도 있잖아요."

"그래, 나쁜 균도 있지만 좋은 균도 있단다."

"왜 좋은 균도 같이 죽여요?"

"서현아, 나쁜 균을 죽이기 위해 접시를 뜨겁게 하면 나쁜 균도 죽지만 좋은 균도 죽기 때문이다."

조금 있다가 손녀는 접시를 만지면서 혼잣말을 했다.

"나는 나중에 나쁜 균만 죽이는 것을 만들 거야. 파란 물에 담그면 나쁜 균이 보이고 그 나쁜 균만 골라서 죽이면 좋은 균은 살아남을 건데. 나중에 나쁜 균만 죽이는 것을 연구하고 싶다."

손녀는 어느덧 과학자의 문턱에 들어선 것 같은 말을 하였다. 과학적인 발상을 할 줄은 몰랐던 나로서는 혼자 듣기가 아까워 가족들에게 말을 해 주었다.

그 일이 있은 후 1주일이 지난 오늘에서야 그 내용을 글로 적는 이유는 지난 한 주가 나에게 최근 8년 사이에 가장 바쁜 기간이었기 때문이다. 내일도 경북 안동에 있는 '한국국학진흥원'에 가서 강의할 원고 정리를 마치고 나서 이 글을 기록한다. 시간이 더 지나면 잊어버릴 것 같기 때문이다.

　손녀와 함께 외출을 했다. 아내가 아는 사람에게 물건을 전해 주라고 부탁했기 때문이었다. 약속 장소에서 만난 그 분은 어린 손녀에게 귀엽다고 용돈(1만원)을 주려고 해서 내가 나서서 그러지 말라고 말렸다. 몇 번을 사양하다가 그 분의 성의를 받아 들여서 아이는 1만원을 받았다.

　자동차를 타고 집으로 오는데 아이가 나를 쳐다보며 진지하게 물었다.

　"할아버지, 아까 왜 그 분이 돈을 주시려고 할 때 그러지 말라고 말렸어요?"

　"그것은 남의 돈을 함부로 받으면 미안하니까 그렇지."

　사실은 그 분의 경제 사정이 좋지 않기 때문이었지만 아이에게는 차마 그렇게 말할 수가 없었다.

　"그런데요 할아버지, 성경에는 '주는 것이 받는 것보다 복된 일이다.' 라고 하는데 그 분이 돈을 주는 것을 왜 말렸어요?"

　아이는 자기 엄마에게 '주는 것이 받는 것보다 좋은 일이다.' 라고 최근에 배운 것을 기억하고 있었던 것이다. 결국 아이 마음속에는 자기가 받을 1만원과 주는 사람의 행복을 할아버지가 중간에서 가로막았다고 생각하고 있었던 셈이다.

우리가 남의 것을 탐내서 빼앗기보다 내가 가진 것을 남에게 줄 수 있는 마음의 여유를 가져야겠다는 생각을 했다. 할아버지가 손녀에게 격대교육을 하는 것이 아니라 손녀에게 도리어 한 가지 귀한 사실을 배우는 계기가 되었다.

46. 노력하는 자가 성공한다   2015. 11. 12(목)

요즘 손녀는 기분이 들떠 있다. 다음 주 목요일에 피아노 학원에서 '작은 음악회'가 열리는데 자기가 두 곡을 연주하기 때문이다. 어제 오후 유치원에서 피아노학원으로 가는 도중에 아이는 작은 음악회에 대해 이야기를 시작했다. 할아버지가 꼭 참석해 주서서 자기 연주를 봐 달라는 부탁을 했다. 아이의 설명을 다 들은 할아버지는 잠시 후 손녀에게 물었다.

"서현아, 할아버지도 피아노를 배우고 싶어. 어떻게 하면 잘 칠 수 있을까?"

"할아버지는 안 돼요."

"왜?"

"할아버지는 나이가 많아서 손가락이 잘 움직이지 않으니까요."

"서현아, 그래도 할아버지는 배우고 싶어."

"그러면 할아버지는 열심히 배우도록 노력할 수 있나요?"

"왜?"

"피아노는 열심히 노력하지 않으면 잘 칠 수 없으니까요."

"그러면, 서현이는 열심히 노력해서 잘 치는 거야?"

"예, 할아버지. 저는 열심히 노력하고 있어요. 저처럼 열심히 노력하면 할아버지도 잘 칠 수 있을 거예요."

그렇게 두 사람의 대화는 이어졌다. 아이는 무엇이든 자기가 좋아하는 것에는 끈기를 보이며 노력하는 모습을 보여준다. 할아버지 입장에서는 너무 기특해보여서 좋다. 세상을 살아가기 힘들 때 결코 포기하지 말고, 남을 탓하지 말고, 자기에게 주어진 능력을 최대한 발휘하면서 잘 살아가기를 기도한다.

47. 공간이 없어요 2015. 11. 17(화)

손녀가 미술학원에서 가족 그림을 그렸다고 자랑을 했다. 누구누구를 그렸느냐고 물었더니 손녀가 대답했다.

"엄마, 아빠, 그리고 저를 그렸어요."

장난기가 발동한 나는 손녀에게 물었다.

"그러면 할아버지는 어디 있어요?"

손녀의 대답이 걸작이었다.

"할아버지 미안해요. 할아버지를 그릴 공간이 없어서 못 그렸어요."

"공간이 부족했구나."

"네, 할아버지."

그림을 자세히 보니 아이는 자기 부모와 자신을 그려놓았다. 멋쟁이 아빠라고 그린 그 자리에는 불과 몇 달 전까지만 해도 할아비지의 자리였는데 그 동안 아이의 마음이 변한 것이다. 할아버지의 이런 생각을 눈치 챈 손녀가 얼른 말을 바꾸었다.

"네, 집에 가서 할아버지 그림을 그려 드릴게요. 죄송해요."

어느덧 손녀는 성숙한 어린이로 자라나고 있었다. 자기 가족에 할아버지는 포함되지 않고 있었다. 자기 친할머니도 있고, 외할머니도 있지만 자기에게는 가족은 오직 자기 자신과 엄마, 그리고 아빠였던 것이다. 나머지 어른들은 자기가 사랑하는 사람들이었다. 가족 그림을 그릴 때는 포함할 수 없는 인물들이지만 확대 가족을 이야기할 때는 언제나 포함되는 어른들이었다.

48. 할아버지, 차려입어도 좋아요　　　　　2015. 12. 02(수)

오전에 대전극동방송에서 '전국 캠페인'을 위한 녹음이 있어서 다녀왔다. 평소 점퍼를 입는 등 편한 복장으로 살아가다가 방송국에서 여러 사람을 만나야 하기에 양복을 입고 다녀왔다. 유치원에서 돌아온 손녀는 할아버지의 변신을 금방 알아챘다. 저녁에 만난 손녀는 할아버지가 양복을 입은 모습을 보고 입을 열었다.

"할아버지, 오늘은 왜 차려 입으셨어요?"

"아니, 할아버지가 차려 입은 것 아닌데."

"할아버지, 양복을 입으셨잖아요. 그러니까 차려입은 거지요."

"왜, 할아버지는 차려 입으면 안 되는 거니? 사실은 오늘 할아버지가 방송국에 가서 녹음을 하고 왔단다. 그래서 양복을 입고 다녀왔다."

"네, 알겠어요. 그러면 할아버지 앞으로도 강의를 하러 가시거나 방송국에 가실 때는 차려입고 가셔도 좋아요."

어느덧 손녀는 할아버지의 외모에 대해서 조언을 해줄 정도로 성장하였다. 가끔씩은 손녀에게 할아버지가 입을 옷 색깔에 대해 물어보아야 할 것 같다.

손녀는 주변 상황에 대해 민감하다. 조금이라도 의심이 가거나 이해하지 못하는 것이 있으면 언제나 질문을 하고 자기가 원하는 만큼의 대답을 들어야 한다, 그래서 우리 어른들은 손녀의 질문에 항상 편하게 대답을 해 주는 편이다.

49. 할아버지 아프면 안 돼요!　　　　　2015. 12. 03(목)

손녀가 지난 일요일 저녁부터 아프다. 열이 조금 나고 힘이 없어 월요일에는 유치원도 결석하고 좋아하는 발레 수업도 빠졌다. 병원에 가보니 편도에 염증이 조금 있다고 했다. 약을 먹고 기운을 차린 아이는 화요일에는 힘을 내서 겨우 유치원에 갔다. 오후에 유치원에서 손녀를 데리고 오던 중 한 마디 건넸다.

"서현이는 왜 머리에 열이 나고 아픈 거야?"

중얼거리는 할아버지 말에 손녀가 말했다.

"할아버지는 왜 제가 아픈데 그것을 왜 물어요?'

정신이 번쩍 든 나는 대답을 했다.

"서현이가 아프면 할아버지 마음도 아프니까 그렇게 말을 한 거야."

그러자 손녀가 다시 말했다.

"저도 아파서 마음이 불편해요."

이어서 내가 말을 했다.

"서현아, 할아버지는 서현이 대신 할아버지가 아프면 좋겠다. 그러면 서현이가 힘차게 뛰어놀 수 있을 것 같구나." 그러자 손녀가 정색을 하며 손사래를 친다.

"할아버지, 저는 할아버지가 아픈 것이 싫어요. 제가 그냥 아프다가 나으면 좋겠어요."

"아니야 서현아. 할아버지는 서현이가 아픈 것을 보기가 너무 힘이 드니까 할아버지가 대신 아프면 좋겠다는 거야."

이번에는 손녀가 울먹이며 말을 이어갔다.

"할아버지가 아픈 것은 정말 싫단 말이에요. 할아버지 아프지 마세요."

손녀의 마지막 말은 마음에서 우러나오는 진심이 담긴 사랑의 말이었다. 두 사람의 대화는 이렇게 끝이 났지만 나는 손녀의 진심을 확인하고 매우 놀랐다. 손녀가 할아버지인 나를 생각하는 마음이 이토록 간절하다는 것을 처음 알았다.

50. 계획을 가지고 운전하기   2015. 12. 15(화)

손녀는 일주일에 두 번 발레학원에 가서 발레를 배운다. 유치원에서 학원까지 거리는 3킬로미터 남짓 된다. 교통 신호를 잘못 받으면 3분 가까이 기다려야 하기에 하루는 새로운 길을 택해서 갔다. 그 길은 생각보다 둘러 가는 길이었다.

그 다음날에는 다른 길을 선택해서 차를 몰았다. 손녀에게 설명을 했다.

"서현아, 오늘은 할아버지가 둘러가지 않고 새로운 길을 가려고 한다."

조수석에 앉아 있던 손녀가 대답을 한다.

"할아버지, 이번에는 계획을 가지고 운전을 하시는 거죠?"

"계획이 뭔데?"

손녀는 대답 대신에 질문을 했다.

"할아버지가 어느 길로 갈 것인지 머리에서 생각하고 있어요?"

순간 나는 손녀가 무슨 말을 하는지 파악해야 했다.

"그럼, 할아버지가 오늘은 어제처럼 먼 길을 가지 않을 거야."

"할아버지, 저도 할아버지와 같은 생각을 하고 있어요. 이 길로 직진을 하면 빨리 갈 수 있어요."

손녀와 할아버지는 언제나 친구처럼 다정하다. 손녀는 무슨 일을 하든지 미리 계획해야 된다고 할아버지에게 말을 해 준다. 내가 해야 할 말을 손녀가 대신 해 주니 마음이 즐겁다. 할아버지가 할 수 있는 일은 손녀의 이야기를 그냥 들어주기만 하면 되는 것이다.

51. 물과 대화하는 손녀   2015. 12. 29(화)

유치원에서 집으로 돌아온 손녀는 저녁을 먹은 후 목욕을 했다. 따뜻한 목욕물을 엄마가 받아주자 아이는 조심스럽게 욕조 안으로 들어갔다. 바깥에서 아무리 들어도 목욕하는 소리가 들리지 않자 아이 엄마가 물었다.

"서현아, 목욕하고 있니?" 아이가 힘 있게 대답했다.

"아니요. 아직 안 하고 있어요."

"왜?"

"지금은 물과 대화를 하고 있는 중이에요."

아이는 욕조의 따뜻한 물에 몸을 담근 것이 아니라 욕조 바깥에서 있으면서 손으로 물장난을 하고 있었던 것이다. 뜨거운 물을 싫어하는 아이는 목욕물이 미지근해질 때까지 그렇게 기다리고 있는 중이었다. 그 상황을 아이는 '물과 대화하는 중'이라고 표현을 했다.

내년에 초등학교에 입학하면 스스로 물과 잘 사귀기를 바란다.

52. 벌들은 추운 겨울에 어떻게 사나요   2016. 01. 05(화)

며칠 전 저녁 식사 후에 손녀가 진지하게 질문을 했다.

"할아버지, 벌은 겨울에 만날 수 있나요?"

갑작스러운 질문에 잠시 생각하다가 답을 했다. 아주 가끔씩 겨울철에 실내에서 벌을 본 적이 있는 나는 아이에게 두루뭉술한 대답을 했다.

"겨울에는 벌을 보는 것이 거의 불가능하지."

그러자 아이가 다시 물었다.

"할아버지, 벌은 겨울에 어디서 지내요?"

나는 선뜻 대답을 해 주지 못했다. 어린 시절 시골에서 살 때 벌집을 건드리다가 혼이 난 적은 여러 번 있지만 겨울에 벌이 어디에서 지내는가를 생각해 본 적이 없다. 벌집에서 꿀을 훔쳐 먹는 일에만 열중했을 뿐 벌들의 삶에 대해서는 별 생각이 없었기 때문이다.

잠시 뜸을 들인 후에 손녀의 생각을 물어보았다.

"서현아, 왜 그게 궁금하니?"

"할아버지, 벌이 겨울에 어떻게 지내는지 진짜 궁금해서 그래요."

이번에는 나의 생각을 정리한 후에 다시 설명을 했다. 초등학교 1학년 학생의 수준에 맞추어 조목조목 설명을 했다.

"서현아, 겨울에 벌을 만나는 것은 거의 불가능하단다."

나름대로 설명을 해 주었는데 손녀가 다시 말을 했다.

"할아버지, 거의 볼 수 없다는 말은 볼 수도 있다는 뜻이잖아요."

나는 아이에게 명확한 답을 해 주지 못했다. 그러자 아이는 정확한 답을 듣고 싶어 했다. 이번에는 나의 경험과 상상력을 총동원하여 다시 설명을 이어갔다.

"서현아, 벌들은 추운 겨울이면 바깥에서 활동할 수 없다. 왜냐하면 겨울에는 벌들이 밖에 나오면 먹을 것도 없고, 추워서 살 수 없기 때문에 추운 겨울에는 벌을 볼 수 없단다."

아이와의 대화를 통해 나는 내가 말하는 방법을 고쳐야 할 부분이 있음을 깨달았다. '거의 없다'는 것은 '있을 수도 있다'는 사실을 다시 한 번 깨닫는 계기가 되었다.

아이가 네 살 무렵인 2013년 11월 7일 벌과 관련된 질문을 하였던 적이 있다.

어제 저녁 손녀가 "할아버지 꿀이 먹고 싶어요."라고 말하기에 물을 끓여 꿀을 타 주었다. 한 모금 마시던 손녀가 한 마디 했다.

"이제는 감기 안 걸리겠다. 단 꿀을 마시니까 감기에 안 걸리겠다."

조금 있다가 질문을 했다.

"할아버지 꿀은 왜 달아요?"

"그건 벌들이 꽃에 있는 꿀을 따 둔 것이어서 그래. 사람들이 먹으려고 조금 가져온 거야."

"그런데 할아버지 사람들은 왜 벌이 먹을 양식을 조금 가져와서 먹어요?"

아이의 질문은 계속되었다.

2년 전 사람들이 벌이 모아둔 꿀을 먹으면 벌들이 어떻게 살아갈 것인가에 대한 걱정을 하던 아이가 이제는 벌들이 추운 겨울을 어떻게 지내는가에 대한 궁금증으로 생각의 폭을 넓혔다.

손녀의 눈에는 세상 모든 것이 궁금한가 보다. 때로는 어른들이 당연하게 여기는 것들도 자기의 기준으로 바라보고, 이해하고, 질문을 한다. 아이들의 성장속도에 맞춰서 할아버지도 열심히 공부해야겠다는 결심을 하였다. 집으로 돌아와서는 겨울잠을 자는 동물들에 대해 공부했다.

어른들은 자기 주변에서 일어나는 변화에 대해 무관심한 경우가 많다. 자기와 직접적인 관련이 없으면 별 생각 없이 지나쳐 버린다. 그러나 자라나는 아이들은 그렇지 않다. 태어나서 처음으로 경험하는 것들에 대해 자기 수준의 의심을 하고 질문을 하는 경우가 많다.

53. 양보해야지요!　　　　　　　　　　　2016. 01. 20(수)

유치원에 다니는 손녀는 1년 넘게 발레를 배우고 있다. 사립유치원에 다닐 때 유치원에서 배우다가 2015년부터 다니는 병설유치원에 다니면서 발레 수업이 없어서 학원에 등록하여 배우고 있는 것이다. 아이 엄마는 아이의 건강을 위해 아이에게 발레를 배우도록 하고 있다. 손녀는 발레를 무척이나 재미있어 한다. 일주일에 월요일과 수요일 2일을 배우는데 하루가 다르게 실력이 향상되고 있다. 새로운 동작을 배운 날에는 집에 와서 식구들 앞에서 시범을 보여준다.

손녀가 발레를 배우는 동안 나는 인근에 있는 도서관에 가서 책을 빌려 보거나 커피숍에 들러 책을 읽는다. 한 시간 정도 지나고 나서 아이를 데리러 발레 학원으로 간다.

며칠 전 아이를 데리러 학원 문을 열었더니 여자 아이 두 명이 서로 신경전을 벌이는 모습이 보였다. 출입문 근처에 아이들이 모여 앉아서 서로 자기 자리니까 비키라는 말을 하고 있었다.

손녀를 차에 태우고 가면서 물어보았다.

"서현아, 아까 출입문에서 서로 다투던 그 아이들 누구야?"

"할아버지, 한 아이는 저보다 한 살 적은 아이이고 한 사람은 초등학교 2학년 언니에요."

"그런데, 두 아이들이 뭔가 다투는 것 같던데 이유가 뭘까?"

"원래 나이 작은 아이가 문 앞에 먼저 자리 잡고 있다가 어디 갔다 왔어요. 그 사이에 언니가 그 자리에 앉았기 때문에 동생이 자기 자리라고 비키라고 그러는 거예요."

"그래? 서현이 생각이 누가 잘못된 것 같니?"

"저 생각에는요. 나이 어린 동생이 잘못한 것 같아요."

"왜?"

"원래 그 자리는 정해 놓은 장소가 아니잖아요. 그리고 자기가 다른 곳에 갔다 오는 동안에 언니는 그 자리에 누가 있었는지 모르니까 언니는 잘못이 없어요."

"그러면 서현이라면 어떻게 하겠니?"

"저라면 그냥 양보할 거예요. 어차피 그 자리는 사람들이 들어오는 곳이잖아요."

아이들이 문 앞에서 신경전을 벌인 이유는 단 하나. 학원이 끝나면 학원차를 타고 집으로 돌아가는데 출입문 앞에 서 있는 순서대로 학원차를 타게 되기 때문이다. 아이들은 제일 먼저 자동차를 타고 싶은 욕심에 자리다툼을 하는 것이었다. 어린 아이들의 모습에 웃음이 나온다.

손녀는 할아버지가 자기를 데리러 오기 때문에 학원 차를 타기 위해 자리다툼을 하지 않는다고 했다. 자기라면 자리다툼을 하는 대신 양보하겠다는 생각을 가진 것이 고마웠다. 중요한 것과 그렇지 않는 것을 구분하고, 자기가 양보함으로 말미암아 평화를 얻을 수 있다는 생각이 기특하였다.

54. 할아버지 외투 속 손녀　　　　2016. 02. 05(금)

오랜 만에 우리 가족 4명이 함께 외식을 하러 나갔다. 사위 생일을 축하하기 위해 동네에 있는 삼겹살 식당으로 간 것이다. 삼겹살 4인분과 달걀찜 1개를 시켜서 맛있게 먹었다. 손녀는 주로 달걀찜과 삼겹살을 먹었다.

맛있는 저녁 식사를 마친 후 딸 내외는 케이크를 사러 가고 나는 손녀와 함께 집으로 향했다. 식당을 나서자 바깥 공기가 차가워서 네가 입고 있던 외투를 벗어 손녀 어깨 위에 얹어 주었다. 집을 나설 때만 해도 별로 춥지 않아서 손녀는 두꺼운 외투 대신에 얇은 외투를 입고 나왔기 때문이다. 그러나 내가 외투를 벗어주자 손녀는 손사래를 치며 입지 않겠다고 했다.

"서현아, 추우니까 할아버지 외투를 입고 가자."

"아니에요. 할아버지가 추우시니까 할아버지가 입고 가세요."

"그러면 서현이가 할아버지 등에 업히면 어때?"

"안 돼요. 할아버지가 힘드시잖아요."

몇 차례나 설득을 했지만 손녀는 물러설 기미를 보이지 않았다. 그러다가 손녀가 제안을 했다.

"할아버지, 그 외투 속에 제가 들어갈게요."

나는 외투를 입고 손녀를 오른쪽에 감싸고 걸었다. 보폭이 달랐지만 내가 속도를 조절해 가면서 걸었다. 손녀의 체온이 내 오른쪽 옆구리에 느껴졌다. 집까지 걸어오면서 두 사람은 정답게 대화를 나누었다. 마치 오래된 연인들처럼 우리는 추운 겨울 밤거리를 걸었다. 이것이 할아버지와 손녀의 사랑인가보다. 손녀가 할아버지에 대해 마음을 써 주는 모습에 감동을 받았다.

서현아 고맙다!

1. 자신만의 방법으로 공부하기(2016. 01. 31(일))

요즘 손녀는 초등학교 입학을 앞두고 있다. 나이가 한 살씩 늘어나면서 아이의 행동에는 어른스러움이 묻어난다. 유치원생에서 초등학생으로 되는 과정이 어른들의 도움이나 간섭에 의해서가 아니라 스스로의 결심과 성장에 의해서 이루어지고 있다. 그 중에서 대표적인 것이 영어공부다. 아이는 아직 영어학원에 가본 적이 없이 그냥 교육방송을 시청하는 것이 영어 공부의 전부다. 최근에는 스스로 학습장을 만들어서 TV를 보면서 기록하고 있다.

손녀는 어른들이 생각하지도 않은 때에 생각하지 않은 방법으로 자신의 공부법을 정립해 나가고 있다.

◀스스로 만든 공책

▼공책 안에 기록한 영어 단어들

2. 스스로 하기(2016. 2. 6(토))

손녀는 무엇이든지 스스로 해 보는 것을 좋아하는 편이다. 하다가 벽에 부닥치면 어른들의 도움을 요청해서 해결한다. 유치원에 다녀와서도 혼자 책을 읽거나 그림을 그리며 놀기를 좋아한다. 때로는 할아버지와 함께 팔씨름도 하고 학교 놀이도 하지만 어른들이 자기 일을 간섭하거나 도와주는 것을 별로 좋아하지 않는다. 나와 아이 엄마가 하는 일은 아이의 영어 발음이 아주 잘못 되었을 때 조금 교정해 주는 것과 가끔씩 문장을 해석해 주는 정도의 수준에 머물고 있다.

우리 집에서는 아이에게 특별히 영어나 학교 공부를 강요하지 않는다. 학교에서 배우는 것을 제대로 이해할 정도로만 공부를 한 뒤에 상급학교에 가서 열심히 공부해 주기를 기대하고 있기 때문이다. 학교 공부도 중요하지만 아이의 육체적, 정신적 건강이 중요하다고 생각하고 있다.

아침에 교육방송의 〈I can phonics〉를 시청하고 나서 자기 방으로 달려간다. 얼굴에 웃음을 가득 띠고 방문에 붙어 있는 학습진도표에 스티커를 붙인다. 50개의 스티커를 모두 붙이게 된 아이는 스스로 대견스러워한다. 아이는 방송 시청을 마칠 때마다 여기에 스티커를 붙이기 시작해서 몇 달을 걸려 마지막 칸에 스티커를 붙이게 되었다. "내일 엄마에게 진도표를 사 달라고 해야지!"라고 스스로에게 다짐을 하는 모습이 보기에 좋다. 교육방송을 보면서 배운 영어발음이 어른들보다 원어민에 더 가깝다.

3. 즐기면서 공부하기 (2016.02.16.(화))

손녀는 새로운 것에 대한 호기심이 많다. 그래서 그런지 새로운 것을 만나면 그것을 이해할 때까지 계속 공부한다. 공부하는 것 자체를 즐기는 편이다. 누가 시키지도 않지만 스스로 찾아다니면서 공부한다. 공부하다가 모른 것이 있으면 어른들에게 물어서 자신이 이해할 때까지 계속 공부하고 있다.

요즘에는 초등학교 입학을 앞두고 영어공부에 푹 빠져 있다. 매일 아침 일어나서 시청하는 교육방송(ebs)의 영어 프로그램이다. 한 손에는 연필을 들고 다른 손에는 작은 공책을 들고 선생님이 설명하는 대로 따라서 적는다. 단어를 따라 쓰면서 열심히 소리를 내어 읽는다. 가끔 발음이 틀리면 어른들이 옆에서 수정해 주지만 웬만하면 아이 스스로 고치기를 기다려준다.

손녀의 방문에 붙여 놓은 학습진도표

어제 저녁에는 아이 엄마가 보는 영어 책을 들고 다니다가 투명한 비닐을 책 위에 대고 영어를 따라 쓰기를 했다. 혼자서 열심히 한 페이지를 다 쓰고 나더니만 어른들에게 자랑을 했다. 그러고 나서 배경 그림을 그리지 못 했다면서 다시 무언가를 그렸다.

그래서 내가 물어 보았다.

"서현아, 그 뜻을 이해하고 있니?"

"아니에요 할아버지, 아직은 무슨 말인지 잘 이해를 하지 못 하지만 자꾸 들으면 조금씩 이해가 가요."

손녀는 매사에 이런 식이다. 자기가 하고 싶은 것은 즐기면서 하는 습관을 가지고 있다. 주위에서 간섭을 하거나 지시를 하면 아이는 오히려 흥미를 가지지 않는 경우도 있다. 그래서 우리 집에서는 손녀가 무엇을 원하는지에 관심을 많이 가지고 있다. 어른들이 무엇을 해야 하는가를 정해주는 것이 아니라 아이가 좋아하고 잘 하는 것을 찾아주는 역할을 하려고 한다.

손녀의 공부법의 첫 번째 핵심은 자기만의 방법을 개발해서 공부한다는 점이다. 두 번째 핵심은 스스로 공부하기다. 세 번째 핵심은 즐기면서 공부하기다. 모르는 것이 나오면 그것을 이해할 때까지 생각하고 어른들에게 질문을 한다.

어른들이 강제적으로 시키는 것이 아니라 스스로 하는 공부하는 손녀가 귀엽다. 선행학습을 해서 남들보다 앞서나가는 것보다는 스스로 재미있게 공부하면서 깨우치는 것이 아이에게는 매우 중요하다는 생각이다. 그래서 나와 아이 부모는 때가 되면 아이가 원하는 공부를 마음껏 할 수 있도록 지원해 줄 마음의 준비를 하고 있다.

4장
—

신나는 학교생활

(2016. 3 ~ 2017. 12)

손녀는 건강하고 지혜롭게 자라

2016년 3월에 초등학교에 입학하였다.

손꼽아 기다리던 초등학생이 된 손녀는 언제나 즐겁게 학교에 다닌다.

새롭게 만난 친구들과 잘 어울려 지내고

선생님과도 좋은 관계를 유지하고 있다.

무엇보다 배움에 대한 열정이 있어서

학교생활을 하면서 많은 것을 배우고 익히며 살아간다.

2학년이 되면서 아빠의 직장이 있는

나주혁신도시로 전학을 해서 공부하고 있다.

2016년 3월 2일 손녀가 집 근처의 초등학교에 입학했다. 신입생은 모두 97명이다. 한 반에 22명 내외의 아이들이 함께 공부를 하게 되었다. 흡사 40년 전의 농촌 초등학교의 형편과 비슷한 현상이다.

과거에는 대도시 초등학교는 과밀학급이어서 한 반에 60여 명이 함께 공부하는 소위 콩나물 교실이었다. 그것도 한 학년이 12개 반인 경우도 적지 않았다. 교실이 부족한 경우에는 1학년이나 2학년의 경우에는 오전반과 오후반으로 나누어서 수업을 진행하기도 했다. 농촌에도 한 학년에 여러 개 반인 경우가 많았다. 그러나 요즘은 출산율 저하로 인해 폐교되는 농촌 초등학교가 늘어나고 도시 초등학교도 학급수가 점차 줄어들고 있는 실정이다.

금년 1월 5일에 초등학교 예비소집에 다녀온 이후 아이는 초등학교 입학을 손꼽아 기다렸다. 입학식 전날 아이는 가방과 학용품을 챙겨서 자기 방에 잘 간수해 두었다.

입학식이 있는 오늘 아침에 아이는 평소보다 조금 일찍 일어났다. 어른들이 별 말을 하지 않아도 아이는 스스로 학교에 갈 준비를 하였다.

아이의 행동을 바라보던 할아버지가 한 마디 건넸다.

"서현아 학교 가는 것이 그렇게도 좋으니?"

"네, 할아버지. 너무 기대가 돼요. 학교 가는 게 정말 좋아요."

"왜?"

"학교 가면 친구도 많고, 배울 수 있으니까요."

학교와 배움에 대한 손녀의 대답은 항상 긍정적이다.

아직 아침 기온이 쌀쌀한 탓인지 신입생들은 대부분 두꺼운 외투를 입고 학교에 등장했다. 운동장을 서성이는 아이, 엄마 손을 잡고 교실 안을 살펴보는 아이들로 학교는 북적거렸다.

입학식이 열리는 강당으로 아이들이 하나둘씩 모여들었다. 6학년 선배들이 자기가 담당한 반을 찾아 줄을 서는 것을 도와준다. 조금 있으니까 선생님이 입학식 진행에 필요한 행동요령을 가르쳐 준다. 주위에 둘러선 학부모들은 자기 아이들이 어떻게 하는지 보느라 정신이 없다.

이윽고 교장 선생님을 비롯한 손님들이 입장하고 입학식은 진행되었다. 20분가량 진행되는 입학식 동안 아이들은 초롱초롱한 눈망울로 정면을 바라보았다. 입학식이 진행되는 동안 나는 잠시 50년 전 내가 초등학교에 입학하던 시절의 추억을 떠올렸다.

입학식이 끝나고 아이들은 담임선생님을 따라 공부할 교실로 갔다. 아이들은 어리둥절한 표정으로 선생님과 부모님을 번갈아가며 보았다. 학교생활에 대한 선생님의 안내를 마치자 아이들은 부모님의 손을 잡고 학교를 떠났다.

손녀가 초등학교에 입학하는 것이 나에게는 매우 뜻 깊은 일이다. 아이가 태어나서 지금까지 아이 뒷바라지를 전담해온 나로서는 아이가 건강하게 자라서 초등학교에 입학한다는 것이 감사한 일이기 때문이다. 아픈 엄마, 바쁜 아빠의 보살핌을 제대로 받지 못 하고 외할아버지인 나와 함께 한 지난 6년 반 동안 아이는 건강하고 지혜롭게 자라준 것이다. 유치원에 들어갈 때만 해도 우리 집에서 할아버지를 제일 좋아했던 손녀가 초등학교에 입학하게 된 것은 정말 감사한 일이다. 이제 본격적으로 학교생활을 시작했으니 원하는 공부를 마음껏 하면서 올바른 사회인으로 성장하기를 기도한다.

　손녀와 나는 집 주변을 자주 산책한다. 손녀는 한 번 다녀온 길을 잘 기억한다. 나는 그와 반대다. 몇 번 다녀본 길도 기억하지 못 하는 경우가 많다. 운전을 할 때도 길을 잘 기억하지 못 해 아내에게 핀잔을 듣기도 한다. 목적지까지 안전하게 안내해 주는 내비게이션은 나에게는 필수품이 된 지 오래 전이다. 손녀는 길을 가는 동안 주변 건물을 잘 살펴서 이름과 특징을 함께 기억해 둔다. 다음에 그 길을 갈 때는 자기가 기억하고 있는 길을 찾아가기 때문에 실수가 거의 없다. 고맙게도 손녀는 자기가 길을 잘 찾는 것이 할아버지 덕분이라고 말해 준 적이 있다.

　저녁 식사를 마친 후 손녀와 함께 동네 제과점에 가기 위해 집을 나서려고 하는데 아이가 연필을 들고 오더니 그림을 그려야 한다고 했다. 산책을 하기 전에 지도를 그려야 한다는 것이다. 산책을 다녀와서 그림을 그리라고 했더니 아이는 산책을 하다가 길을 잃어버리지 않기 위해 그림을 그려야 한다고 주장했다.

　"저녁에 집을 나서기 전에 어느 길로 가야 할지를 지도로 그려야 해요."

　"날마다 다니는 길인데 왜 지도를 그려야 해?"

　"할아버지, 산책할 길을 미리 지도에 그려야 해요. 그렇지 않으면 길을 잘못 들 수도 있으니까요."

피식 웃음이 나왔다. 거의 매일 지나다니는 길인데 굳이 지도를 그려야 한다고 주장하는 아이의 생각이 귀여웠다. 아이는 A4용지 위에 지도를 그렸다. 내가 보기에는 지도가 아니라 약도였다. 우리가 사는 아파트를 그리고, 자주 가는 가게도 그렸다.

열심히 그리던 아이가 종이를 들고 와서 의기양양하게 말한다.

"할아버지, 이제 다 그렸어요. 이 지도를 보고 길을 가면 길을 잃어버리지 않을 거예요."

우리는 종이를 들고 집을 나섰다. 아이와 손을 잡고 제과점에 들러 아이가 좋아하는 빵을 사고 지도를 따라 산책을 했다. 아이에게 지도가 있어서 안전하고 편리하게 산책을 할 수 있어서 좋다고 했더니 아이 얼굴에 미소가 가득했다. 아파트 근처에 있는 대학과 연구소를 지나 한참을 걸으면서 손녀는 학교에서 일어난 일들을 하나 둘씩 들려주었다.

우리가 자동차를 운전하면서 필수적으로 챙기는 것이 행선지를 안전하고 빠르게 갈 수 있도록 안내해주는 내비게이션이다. 도로가 많이 개설되어 복잡한 것도 한 가지 이유이지만 기술의 진보로 삶의 편안함에 익숙해진 탓에 도로 안내판보다 내비게이션 안내를 더 선호하게 되었다.

우리 인생도 앞날을 알 수 없을 경우가 많다. 이럴 때 우리가 가야 할 길을 잘 안내해주는 지도가 있다면 좋겠다는 생각이 든다. 아이가 재미삼아 그리는 지도보다 인생에서 안전하게 길을 안내해 줄 수 있는 할아버지가 되었으면 좋겠다.

요즘은 자동차를 몰고 먼 길을 갈 때, 혹은 잘 모르는 곳으로 갈 때 지도를 준비하는 경우가 드물다. 목적지까지 잘 안내해주는 내비게이션이 있기 때문이다. 심지어 실시간 교통정보를 제공해주는 것도 있어서 빠르고 안전한 여행이 가능하다. 그러나 인생은 반드시 그렇지만은 않다. 사람들은 지름길, 빠른 길로 가기를 원하지만 때로는 돌아가는 것이 훨씬 유익할 때도 있다. 어린 시절 자신의 미래에 대한 청사진을 그리면서 꿈을 꾸었으나 현실에서는 그 청사진이 아무 쓸모없게 된 경우도 적지 않다.

인생이라는 긴 여행길에 오르기 전에 자신이 가고 싶은 길을 미리 생각해보고 목적지에 도달할 수 있는 시나리오를 구성해 보는 것도 좋다. 이렇게 하면 예상되는 어려움에 미리 대비하고 차선책을 마련할 수도 있다.

서현이가 자기의 인생을 살아갈 때 언제나 철저한 준비를 했으면 좋겠다. 마을을 산책할 때 지도를 그려보듯이 뚜렷한 목표를 가지고 성실한 삶을 살아가는 서현이의 모습을 기대해 본다. 다른 사람이 시켜서 하는 준비가 아니라 스스로 준비하고 계획하며 실천하는 서현이가 되었으면 좋겠다.

　　20대 국회의원 선거가 있기 전날(2016. 4. 12) 오후 손녀와 함께 길을 걷는데 손녀가 진지한 얼굴로 질문을 했다.

　　"할아버지, 내일이 무슨 날인지 아세요?"

　　"내일은 국회의원을 뽑는 선거일이지."

　　"그런데, 내일 투표에서 지금 국회의원이 다시 뽑혔으면 좋겠어요."

　　"왜 그러는데?"

　　"그러면 바뀌지 않고 잘 할 수 있을 거 아니예요."

　　"그건 한 사람이 결정할 문제가 아니라 주민들의 표를 많이 얻는 사람이 당선되기 때문에 기다려보아야 한단다."

　　잠시 후, 아이의 질문이 계속되었다.

　　"그런데 할아버지, 국회의원 후보가 어떤 사람인지 잘 알 수 없어요."

　　"어째서 그런데?"

　　"집에 배달된 국회의원 선거 홍보물에 보면 그 사람이 누구인지 잘 모르겠어요. '제가 당선되면 이런 일을 하겠습니다.' 라는 다짐만 적혀 있어요. 그런데 '제가 이런 일을 했습니다.' 라는 말은 거의 없으니까 이 사람이 누군지 잘 모르겠어요."

올해 초등학교에 입학한 초등 1학년의 눈에 보이는 국회의원 선거의 모습 중 하나다. 아이도 국회의원 중 많은 분들이 선거공약에 대해 무책임한 것을 아는 눈치다. 우리는 집에서 아이 앞에서 정치나 사회문제를 논하지 않는다. 아직은 어리기도 하지만 집안에서 정치 얘기를 할 만큼 우리나라 정치가 아이에게 모범적이지 못하기 때문이기도 하다.

국회의원 선거가 끝나고 보름 정도 지난 오늘 서현이가 다시 국회의원에 대해 말을 꺼냈다.

"할아버지, 이번에 우리 지역에는 지난번 국회의원이 또 당선되었던데요."

"그래, 다른 사람이 되기를 바랐니?"

"아니에요."

조금 지나서 질문을 했다.

"그런데, 왜 그 사람이 문제를 해결해줘요?"

"그게 무슨 말이니?"

"사람들한테 말하기를 자기가 문제를 해결해 준다고 하잖아요."

"그래서?"

"법원에서 재판관이 사람들의 문제를 해결해 주는데 그 사람이 왜 또 문제를 해결해 줘요?"

"재판관은 사람들이 잘 하고 못 한 것을 판결해 주는 사람이야. 죄를 지은 사람에게 벌을 내리기도 하지."

"그런데 국회의원은 뭐해요?"

"그 사람들은 법을 만드는 사람이란다. 사람들이 불편해 하는 것이 있으면 그것을 해결할 수 있도록 법을 만들어 준단다."(사실, 국회의원에 당선된 분 중에는 음주음전으로 수백 만 원의 벌금을 낸 사람들도 더러 있는데 그 분들이 모범을 보여주지 않는 현실이 가슴 아픔). 이번에 당선된 국회의원들은 좀 더 진지한 고민을 많이 해 보아야 하겠다. 초등학생 눈에도 신뢰를 얻지 못 하는 국회의원이 아니라 자기가 한 약속을 잘 지키는 국회의원이 되었으면 좋겠다.

"할아버지, 재판에는 형사재판과 민사재판이 있어요. 그 외에는 저는 몰라요."

어느덧 손녀의 관심은 사회문제까지 넓혀지고 있다. 초등학교 1학년이 되고나서 부쩍 성숙해진 모습이 대견스럽다.

어제 저녁 손녀가 질문을 했다.

"할아버지는 옛날에 대학교수였어요?"

갑작스러운 질문에 잠시 숨을 고른 후 질문을 겸한 대답을 했다.

"왜 그런 질문을 하니?"

"할아버지가 대학교수였다는 것을 듣고 깜짝 놀랐어요."

"누구한테 들었니?"

"할아버지가 예전에 다른 사람과 대화하는 것을 들었어요."

조금 후에 다시 질문을 계속한다.

"그런데 대학교수는 어떻게 하면 될 수 있어요?"

"대학교수가 되고 싶니?"

"아니요, 그냥 궁금해서요. 공부를 잘해야 되나요?"

"그렇지 공부를 잘해야지."

"그러면 할아버지도 공부를 잘했어요?"

이쯤 되면 나는 대답이 궁색해지기 시작한다. 사실 나는 공부를 열심히는 했으나 잘하지는 못 했기 때문에 손녀에게 딱히 해 줄 말이 없었다. 손녀의 진지함을 모른 척 할 수 없어서 열심히 대답을 해 주었다. 그러자 손녀는 대학교수가 되는 방법을 일목요연하게 화이트보드에 기록했다. 대학교수가 되고 싶은 사람은 이 순서를 잘 따르면 꿈을 이룰 수 있을 것 같다.

〈대학교수가 되려면〉

1. 공부를 열심히 한다.

2. 대학교수가 하고 싶다고 원서를 낸다.

3. 심사를 받는다.

4. 뽑히면 대학교수가 된다. 끝.

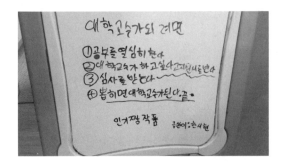

5. 혼자만의 시간 : 아이의 1시간은?　　　　2016. 05. 10(화)

지난 주간에는 연휴가 있어서 나는 강릉에 다녀왔다. 일요일 아침 할아버지가 없는 집에서 손녀는 외로웠던가 보다. 아침 6시 조금 전에 일어난 아이는 엄마와 아빠를 깨우지 않고 혼자 시간을 보내고 있었다. 아이는 이면지를 찾아서 자신의 심경을 글로 적었다. 단순한 문장으로 자신의 마음을 기록했다.

아이는 5시 58분에 일어나서 TV 앞에 놓인 시계를 보면서 시간을 기록했다.

'혼자만의 시간' 이 주제였다.

6시 2분-6시 3분 : '혼자만의 시간'
이라 적었다.

그 후 계속해서 선을 긋고 글자를
적어 넣었다.

'혼자만의 시간'

아이는 20여 분을 계속해서 시계를
보고 시간을 기록하고 '혼자만의 시간' 이라는 글자를 적어 넣었다.
2분 단위로 '혼자만의 시간' 을 기록했다. 서현이의 '혼자만의 시간'
은 아빠가 6시 56분에 일어나면서 이 기록은 마무리 되었다. 새벽일
수도 있는 아침 6시경에 일어나서 혼자서 1시간을 다소 철학적인 생
각을 하며 보낸 아이의 삶이다.

할아버지가 연후를 맞아 할머니에게 간 사이 아이는 자신과 함께
놀아줄 사람이 없어진 것을 글로 적었던 것이다. 아내에게 사진을
보냈더니 '짠하다' 고 답장이 왔다. 혼자서 놀 수 있는 나이는 몇 살
부터일까?

어제 저녁 손녀와 함께 차를 타고 가는데 우리 차 옆에 버스가 한 대 지나갔다. 얼핏 보니 새차(新車)처럼 보였다. 그래서 아이 엄마와 나는 버스가 출고된 지 얼마 안 된 새차 같다고 이야기를 하였다. 옆에서 듣고 있던 손녀가 말을 건넸다.

"할아버지, 버스는 어떻게 세차를 해요?"

아이가 새차(New Bus)를 세차(Car Washing)로 생각한 것일까? 발음이 비슷하여서 아이가 잘못 알아들은 것일까? 아이가 말을 이어갔다.

"버스는 일반 자동차처럼 세차를 하나요?"

그제야 우리는 아이가 버스를 깨끗하게 하는 세차를 물어보는 것임을 알았다. 서현이는 승용차처럼 버스도 그렇게 세차를 하는 것인지 궁금하였던가 보다. 아이는 승용차라는 말 대신에 '일반' 이라는 단어를 사용해서 자신의 생각을 분명하게 말했다. 내가 아는 범위 내에서 버스를 세차하는 방법을 설명해 주었다. 그런데 급하게 설명하다가 실수를 했다.

"버스는 정류장에서 세차를 한다."

"할아버지, 어떻게 길가 버스 정류장에서 세차를 해요?"

'아차!' 하는 순간 아이에게 허를 찔린 것이다. 아이는 버스 정류장은 버스를 타고 내리는 곳임을 알고 있었다. 나는 다시 마음을 가

다듬고 설명을 했다.

"서현아, 정류장이 아니라 버스 차고에서 세차를 한단다."

"그런데 차고는 뭐하는 곳에요?"

"버스를 한꺼번에 세워놓는 곳이다. 그곳에서 자동차에 무슨 문제가 없나 점검도 한단다."

"네, 잘 알겠습니다."

손녀는 초등학교에 입학하고 나서 사용하는 언어가 매우 고급스러워졌다. 특별한 단어를 만나면 반드시 자기가 이해할 수 있을 때까지 계속적으로 질문을 해서 머리 속에 입력을 시키고 있다. 그래서 나는 아이가 질문을 할 때마다 긴장해서 듣고 신중하게 설명하는 습관을 가지게 되었다. 한 번 잘못 입력되면 아이가 그것을 고치는데 힘이 들 것이기 때문이다.

7. '모차르트' 냐 '모짜르트' 냐?　　2016. 06. 22(수)

손녀가 피아노 학원에서 공부한 뒤 집으로 돌아오는 자동차 안에서 진지하게 물었다.

"할아버지, 모차르트가 맞아요. 아니면 모짜르트가 맞아요?"

"왜?"

"우리 피아노 학원에 모차르트라고 쓰여 있어요."

"할아버지는 모짜르트라고 말을 하는데! 서현이는 어느 것이 옳다고 생각해?"

"할아버지, 제가 모르니까 할아버지에게 질문을 하는 건데요."

그렇다 손녀는 우리가 모짜르트라고 부르는 음악가의 이름에 대해 혼돈을 느끼고 있는 상황이다. 어른들도 볼프강 아마데우스 모차르트(Wolfgang Amadeus Mozart)를 어떻게 발음해야 하는지 명확하게 알기 쉽지 않다. 오스트리아 언어를 어떻게 한글로 표기하고 읽느냐는 그렇게 간단하지 않다. 독일어의 마지막 알파벳인 'z'는 'ㅊ'과 'ㅉ' 발음과 비슷하기 때문에 나 같은 사람은 정확하게 설명할 수가 없다. 어떻게 해야 하나 잠시 생각을 하다가 설명을 했다.

"서현아, 그건 원래 그 사람 이름은 자기 나라 발음으로 하면 모차르트에 가깝고……."

한창 설명을 하는데 손녀가 말했다.

"할아버지, 무슨 말씀인지 이해할 수 없어요."

그럴 수밖에. 설명을 하는 나도 정확하게 발음할 수 없는데 그것을 듣고 있는 손녀가 제대로 이해할 리가 만무했다.

"그럼 어떻게 했으면 좋겠니?"

"저는 '모차르트'로 쓰고, '모짜르트'로 읽을게요."

아이가 간단하게 결론을 내려 주었다. 우리는 모차르트라고 쓰기로 합의를 했다. 외국인의 이름을 어떻게 발음해야 할 것인가는 어제 오늘의 일이 아니지만 초등 1학년에게 명확하게 설명하기란 쉽지 않은 일이다.

저녁 식사 후 내가 아이 엄마에게 서현이와의 대화 내용을 전해주면서 설명을 부탁했다. 아이 엄마는 나보다 독일어를 더 잘 하기 때문에 나는 아이 앞에서 공개적으로 설명을 부탁하였던 것이다.

"그 나라 발음은 모차르트에 가까운 모짜르트로 발음하고 있단다."

그러면서 몇 번 발음을 해 주었다. 엄마를 따라 모차르트를 발음한 손녀는 알겠다고 고개를 끄덕였다. 아이에게는 모든 것이 새롭고 모든 것이 궁금한 것 같다. 자신이 이해할 수 없는 것은 반드시 어른들에게 질문을 하고 자기 것으로 소화하는 아이의 모습은 사랑스럽다.

8. 비 내리는 밤에 보이는 별   2016. 07. 08(금)

엊그제 장대비가 쏟아지는 저녁에 서현이를 차에 태우고 집을 나섰다. 비가 너무 세차게 내려 도로상에 그어진 차선이 잘 보이지 않았다. 자동차 앞 유리창을 두드리는 비가 시야를 흐리게 했기 때문이다. 조심스럽게 운전을 해도 어두운 밤에 도로 위에 흘러 넘치는 물을 가르며 운전하기가 힘들었다.

말없이 차창 밖을 내다보던 손녀가 말했다.

"할아버지, 장마철에는 왜 비가 이렇게 많이 내려요?"

"장마는 열대 몬순기후……"

나는 학창시절에 배운 과학 지식을 총동원해가며 아이의 눈높이에 맞춰 열심히 설명을 해주었다.

조금 후에 손녀는 할아버지에게 다시 질문을 던졌다.

"할아버지, 왜 자동차 앞 유리에만 비가 내려요? 옆 유리에는 비가 거의 내리지 않아요."

"그건, 자동차가 앞으로 달려서 그런 거란다."

손녀가 말을 이어간다.

"할아버지, 하늘에 커다란 구멍이 뚫렸나 봐요."

"왜?"

"굵은 빗방울이 계속 떨어지고 있잖아요. 빗방울이 내릴 때 선으로 보여요."

조심스럽게 빗속을 운전하느라 아이의 질문에 제대로 대답을 못하자 이번에는 아이가 화제를 바꾸었다.

"할아버지, 비가 내리니까 별이 빛나는 밤이 되었어요."

"무슨 소리야?"

"비가 내리니까 가로등 불빛이 별빛처럼 반짝이잖아요. 그러니까 별이 빛나는 밤이 되지요."

두 사람의 대화는 집에 도착할 때까지 이어졌다. 할아버지는 운전에 집중하느라 별이 빛나는 밤을 보지 못 했지만 호기심 많은 손녀는 비 내리는 선도 보고, 가로등 불빛에서 별이 빛나는 밤을 보았던 것이다.

9. 혼자서 학교가기　　　　　　　2016. 09. 22(목)

추석을 맞이해서 강릉에서 아내와 지내고 있는데 딸이 전화를 했다. 전화기 너머로 들려오는 딸의 목소리는 조금 들떠 있었다.

"아버지, 조금 전에 서현이가 학교 갔어요."

"그래?"

이 시간이면 아이를 학교에 데려다 주어야 하는데 웬 전화냐 하는 마음이 들었다. 속으로는 학교에 가는 것까지 일일이 나에게 보고할 필요가 없다고 생각을 하는데

"오늘은 서현이와 엘리베이터 앞에서 헤어졌어요."

그것은 훌륭한 뉴스였다.

올해 초등학교에 입학한 아이는 혼자서 학교 가는 것을 싫어한다. 다른 곳에서 살다가 와서 친한 친구도 아직 없고 낯선 곳에서 혼자

다니는 것에 익숙하지 않기 때문이었다. 학교에 가기 위해서는 아파트 바로 옆에 있는 고등학교와 중학교를 거쳐야 하는데 덩치 큰 언니 오빠들 틈에 끼어서 학교에 가는 것이 불편한 모양이다.

어른들도 어린 여자 아이를 혼자 학교에 보내는 것이 미덥지는 않았다. 세상이 여자 아이를 혼자 바깥에 내 보낸다는 것이 요즘 세상에는 불안한 것이 현실이다.

우리는 아이에게 조금씩, 조금씩 혼자서 가는 훈련을 하였다. 처음에는 초등학교 교문까지 데려다 주었다. 다른 집 아이들도 그런 경우가 많았다. 한두 달 후부터는 중학교 교문까지 데려다 주었다. 그 다음에는 고등학교 교문까지 데려다 주는 식이었다. 가끔씩 아파트에서 같은 반 친구를 만나면 아이들끼리 학교에 가는 날도 있었다.

2학기 들어서 아이는 조금씩 자신감을 가지기 시작하더니만 드디어 오늘에서야 혼자서 학교에 등교를 한 것이다. 그동안 아이에게 재촉하지 않고 기다린 결과다. 모든 것에는 때가 있는 법인가 보다. 아이의 첫 번째 홀로서기 성공이 대견스럽다.

10. 책은 제목뿐만 아니라 내용도 중요해요!　　　2016. 11. 04(금)

어제 저녁 손녀가 질문을 했다.

"할아버지, 요즘도 글을 쓰고 계세요?"

"그래"

"무슨 내용이에요?"

"격대교육에 관한 글이란다."

지난 여름에 출간할 계획으로 집필 중이던 '격대교육'을 열심히 수정하고 있는 할아버지를 보고 손녀가 질문한 것이다.

이처럼 손녀는 내가 무슨 일을 하는지 관심이 많다. 지난 6월에도 아이는 내가 집필하고 있는 '격대교육'과 관련해서 관심을 나타낸 적이 있다. 6월 29일에 나눈 대화의 일부분이다.

"할아버지, 격대교육에 대한 책을 쓰고 계시잖아요. 언제 출판할 계획이에요?"

"지금 수정 중에 있으니까 여름쯤이면 가능할거야."

"할아버지, 책 제목을 잘 정해야 돼요."

"그래, 나도 알고 있다. 그러나 그게 쉽지 않은 일이야."

"할아버지, 책 제목에는 격대교육이나 손주양육 같은 말을 꼭 넣어야 해요. 그래야 사람들이 관심을 가지고 책을 사 볼게 아니에요. 할아버지가 손녀를 어떻게 키웠는지 궁금해서 책을 사볼 것 같아요."

"그래, 네 말이 맞는 것 같구나!"

"할아버지, 책 제목뿐만 아니라 내용도 중요해요."

"그렇지?"

"책을 샀는데 내용을 읽어보고 재미가 없으면 실망할 거예요. 할아버지, 격대교육을 하면 어떤 것이 좋고, 어떤 것이 나쁜지 저에게 물어보세요. 할아버지가 저를 격대교육시키시니까 제가 잘 알고 있거든요."

5개월이 지난 지금(2016. 11. 4) 손녀와의 대화는 이렇게 발전했다.

"할아버지, 책 제목을 정할 때는 책 내용과 관련이 있어야 해요. 그리고 책 제목을 보고 사람들이 금방 무슨 책인지 알 수 있도록 해야 돼요. 책 내용이 재미없으면 사람들이 책을 돈 주고 사지 않을 거예요."

"누가 그런 소리를 해 주던?"

"할아버지 그런 건 생각해 보면 알아요. 그리고 재미있는 내용은 처음에 실어야 해요. 그렇지 않으면 사람들이 책을 끝까지 읽어보지 않아요."

그리고 한 가지 덧붙인다.

"할아버지, 격대교육이 손주를 키우는 거잖아요. 그러니 글을 쓰다가 아이들이 어떤 생각을 하는지 궁금하시면 저에게 물어보세요. 할아버지가 저를 키우시고 계시니까 제가 도와드릴게요."

이번에도 손녀는 할아버지의 집필에 도움을 주고 싶어한다. 정말 고마운 손녀나. 이러한 대화는 내가 격대교육과 관련한 글을 쓰거나 강의를 할 때 많은 도움이 된다. 손녀와 할아버지는 이렇게 대화를 하면서 정이 깊어가는 것 같다.

11. 제가 설거지를 할게요!　　　　　　2016. 11. 05(토)

"제가 설거지를 할게요!"라는 말은 손녀가 할아버지를 돕기 위해 한 말이 아니라 함께 살고 있는 30대 중반의 딸이 부엌에서 아침 설거지를 하면서 한 말이다.

"아버지, 앞으로 설거지는 제가 할게요. 아버지는 그냥 그릇을 가져다 주세요."

딸과 함께 산 지 7년 만에 처음으로 들어보는 말이어서 귀를 의심했다. 그래서 물어보았다.

"그게 무슨 말이냐?"

이 말은 지금까지 내가 잘 해오고 있던 설거지를 왜 못 하게 하느냐?라는 의미가 담긴 말이다. 혹시나 지금까지 내가 부엌일을 하면서 딸을 불편하게 한 적이 있는가라는 불안한 마음도 없진 않았다. 그러나 딸의 마음은 진심이었다.

"아버지, 요즘 제 몸이 조금 좋아져서 설거지 정도는 할 수 있어요. 그러니 아버지는 그냥 쉬세요."

정말 오랫동안 들어보고 싶었던 말이다. 이 말을 듣는 데 7년이 걸렸다. 그날 이후 우리 집에서 나의 역할은 많이 줄어들었다. 우선 나는 설거지에서 해방되었다. 물론 식사 준비도 대부분 딸이 해 준다. 나의 역할은 보조자로 바뀌었다. 무거운 것을 날라다 주고 바쁠 때는 냉장고에 들어 있는 반찬을 식탁 위에 올려놓는 정도의 일을 하고 있다.

30대 중반의 가정주부가 부엌살림을 아버지에게 맡긴 심정을 알고 있기에 지난 7년 동안 나는 묵묵히 아이 키우는 일과 식구들 식사 준비하는 일에 매달려 왔다. 남들은 이런 나의 삶을 잘 이해하지 못한다. 그러나 젊은 딸이 몸이 아파 힘들어 하는데 아버지로서 모른 체 할 수 없는 일이기에 나는 기쁜 마음으로 이 일을 해 왔다. 마음속으로는 항상 "빨리 완쾌되어 아이를 키우고, 집안 살림을 챙겨라!" 라는 말을 하고 싶지만 투병생활을 하는 딸에게 할 수 없었다.

12. 자동차 연료 부족을 알려주는 음성서비스　　2017. 01. 12(목)

손녀를 자동차에 태우고 가는데 자동차 연료가 부족하다는 경고등을 들어왔다. 네거리에서 교통신호를 기다리는 중에 손녀에게 말했다.

"시현아, 집으로 가는 길에 자동차에 기름을 넣어야겠다."

그러자 손녀가 물었다.

"할아버지, 자동차에 기름이 없는 걸 어떻게 알 수 있어요? 무얼 보고 알 수 있어요?"

나는 얼른 노란 불이 들어온 경고등을 가리켜 주었다. 그러자 손녀는 기다렸다는 듯이 한 마디 한다.

"할아버지, 기름이 다 떨어져가는 것을 황색불 대신에 소리로 알려주면 좋을 것 같아요."

"무슨 말이야?"

"자동차 내비게이션처럼 기름이 부족하다는 것을 말로 알려주면 잘 알 수 있을 것 같아요."

나는 손녀의 그 제안을 칭찬해 주었다.

"서현아, 그것 정말 좋은 생각이다. 할아버지가 자동차 회사 사람들을 만나게 되면 그 이야기를 해 줄게."

나는 손녀의 아이디어를 칭찬해 주고 싶었다. 어쩌면 서현이가 상상하는 그런 기능이 고급 차종에는 이미 채용 중인지도 모르겠다.

지금 자동차는 무한 발전 중이다. 특히 자동차를 움직이는 데 사용되는 각종 장치는 이제 기계공학적인 것뿐만 아니라 전자공학적인 면도 많이 도입되고 있는 실정이다. 전기자동차의 등장은 자동차에 대한 사람들의 생각을 바꾸어 주고 있다.

어쨌든 손녀의 호기심과 기발한 생각을 볼 때마다 할아버지의 마음은 즐겁다. 서현아! 꾸준한 관찰과 호기심, 그리고 탐구심은 매우 중요한 일이다. 공부를 잘하고 못하고가 문제가 아니라 살아가면서 주변에 관심을 갖는 것은 매우 유익한 일이다. 아이의 생각이 기특하다. 서현이는 미래의 자동차에 대한 밑그림을 그리고 있는지도 모르겠다.

13. 현대적인 교육법　　　　　　　　2017. 01. 30(월)

이번 주 목요일이면 대전에서의 삶을 마감하고 전라남도 나주로 이사를 하게 된다. 아이가 전학하면 어떻게 학교에 다니느냐를 두고 이야기를 나누었다. 대도시에서는 초등학교 아이들은 학교를 오갈 때는 걸어서 다닌다. 그러나 우리가 이사를 갈 나주혁신도시에서는 초등학생들은 통학버스를 타고 다닌다고 한다. 그러다보니 아침에 등교 준비하는데 시간의 중요성이 대두된 것이다.

어른들의 이야기를 듣고 있던 손녀가 거들었다.

"나주의 교육이 대전보다 더 현대적이네요."

그 말을 듣고 내가 물었다.

"왜 그렇게 생각하니?"

"옛날에 할아버지가 학교 다니실 때는 차가 없어서 걸어다녔다고 하셨잖아요."

"그냬 그렸지"

"그런데 대전에서는 아이들이 걸어서 학교를 다니고, 나주에서는 차를 타고 다니니까 나주의 교육이 더 현대적인 것 같아요."

한편으로 생각하면 아이의 말이 옳은 것 같다. 먼 거리를 걸어서 다니지 않고 편리한 자동차를 타고 다니니까 말이다.

어쨌든 손녀는 몇 년 동안 전라남도 도민으로 살아야 한다. 대도시에서는 볼 수 없고, 경험할 수도 없는 좋은 것을 체험할 기회가 생긴 것이다. 아이 엄마와 나는 아이에게 서해바다와 드넓은 갯벌을 자주 보여줄 작정이다. 물론 사계절을 따라 변화하는 농촌풍경도 빠뜨릴 수 없다. 나주에서는 전라남도의 대부분의 지역을 1시간 남짓이면 자동차로 달릴 수 있는 이점이 있어서 많은 여행이 가능할 것 같다. 아이들은 어릴 때 농어촌의 경험을 많이 쌓는 것이 좋다.

14. 할아버지가 생각하는 젊음의 기준은?　　2017. 02. 02 (목)

아침에 자동차에 손녀를 태우고 아파트를 나서는데 나이든 여성이 자동차를 도로 가운데 세워두고 쓰레기를 버리고 있었다. 당연히 우리 차는 기다려야 했다.

"왜 사람들은 젊을 때는 예의를 지키다가 나이가 들면 예의를 모르는 것일까? 나이가 들어서도 남을 배려하는 예의가 필요한데 말이야."

이 말을 뒷좌석에서 듣고 있던 손녀가 한 마디 했다.

"할아버지가 생각하시는 젊음의 기준은 무엇인가요?"

손녀의 질문에 어안이 벙벙했다. 조수석에 앉았던 아이 엄마(딸)도 깜짝놀랐다.

"서현아, 젊은 사람이란 결혼하지 않은 사람이야"라고 말을 하다가 요즘은 결혼하지 않는 싱글들이 많음이 생각나서 얼른 말을 바꾸었다.

"손자나 손녀가 없는 사람"이라고 말을 바꾸어 보니 이 또한 요즘 젊은이들 중에는 결혼을 늦추거나 아이를 갖지 않은 가정이 늘어나는 추세여서 생각을 정리하기가 쉽지 않았다. 조금 후에 말을 정리했다.

"서현아, 할아버지가 말하는 젊은이들이란 환갑을 넘지 않은 사람들을 말하는 거야."

"할아버지, 그러면 60세나 59세가 된 사람들도 젊은이들인가요?"

손녀의 느닷없는 돌발질문이다. 아이의 계속되는 질문에 나는 두 손을 들고 말았다.

"몸이 건강하고 나이가 많지 않은 사람들이 젊은이들이란다."

그제야 손녀는 뒷좌석에서 조용해졌다. 나는 젊은 사람에 속하는가?

    며칠 전부터 손녀가 할아버지의 휴대폰에 뭔가를 열심히 기록하는 모습이 보였다. 가끔 자판기에 대해 물어가면서 열심히 글을 썼다. 평소에는 휴대폰에 그림을 주로 그리던 아이가 자판기를 두드리며 글을 쓰는 모습이 조금은 생소했다. 그런데 그 비밀이 밝혀졌다. 아이가 자기 엄마에게 편지를 쓴 것이다.

    학교에서 돌아온 손녀가 그 편지를 할아버지에게 보여주었다.

    안녕하세요. 저 서현이에요.

    왠지 엄마가 아픈 게 저 때문에 그런 것 같아요.

    그래서 엄마께 미안해요. 엄마가 빨리 나았으면 좋겠습니다.

    사랑해요.

    그리고 저는 cat를 좋아해요.

    영어 공부를 해 보고 싶어서 cat라고 쓴 거예요.

    엄마 ~~ ♡ ♡ 빨리 나았으면 좋겠습니다.

    사랑하고 하트 뿅뿅.

    전영철 할아버지도 엄마가 빨리 나았으면 좋겠는데요.

    엄마는 ☆처럼 예뻐요. 엄마는 100% 나를 좋아하죠?

엄마 지금은 왼팔이 아프니까 슬퍼요.

나도 엄마를 100% 좋아해요~. ♡ ♡ ♡

엄마 일기도 잘 쓰고 숙제도 잘 할게요.

엄마 저 서현이가 어버이날을 축하드리고 앞으로 TV를 줄이는

서현이가 될 수 있도록 노력하겠습니다.

감사합니당. 제가 엄마를 사랑하는 정도는

♡ 100개 정도로 표현할 수 있어요.

아이의 진심이 담긴 편지를 읽으면서 큰 감동을 받았다. 어느덧 아이가 엄마를 이해하는 나이가 되었음을 깨닫게 해 주는 어버이날의 편지였다.

16. 손녀의 눈물   2017. 09. 21(목)

어제는 아침 일찍 집을 나섰다. 아침부터 몸에 열이 나는 것 같았지만 해야 할 일이 남아 있어서 전남 강진을 거쳐 영암지역을 돌아다녔다.

집으로 돌아오는 순간까지도 열이 나고 몸이 아파서 도저히 참을 수가 없었다. 빨갛게 충혈된 눈으로 나주혁신도시에 있는 이비인후과를 찾아갔다. 젊은 의사는 진찰을 하고 나서 걱정스런 눈으로 나

를 쳐다보며 말했다.

"어르신 연세가 되면 건강에 특별히 조심하셔야 합니다."

나이가 많은데 열이 나면 위험할 수 있다는 생각이 들어서인지 여러 가지를 물어보았다.

주사를 한 대 맞고, 약을 사서 집으로 돌아왔다. 이번에는 온몸이 떨렸다. 이불을 뒤집어쓰고 거실 소파에서 이리저리 뒹굴고 있는데 손녀가 와서 놀자고 했다. 아픈 할아버지와 놀자고 하는 것을 보면 아이들은 자기와 놀아줄 사람이 아픈 줄을 정확하게 아는 것 같다.

"서현아, 할아버지가 감기에 걸려서 너와 놀아줄 수 없단다. 오늘은 혼자 놀고 감기가 나으면 내일 같이 놀자꾸나."

"아니에요. 저는 괜찮아요. 할아버지 놀아주세요."

"할아버지가 감기가 걸렸는데 같이 놀면 서현이도 감기에 걸릴 수 있으니까 이해해 다오."

이 말이 끝나기가 무섭게 아이는 울기 시작했다.

"저는 할아버지와 놀다가 감기에 걸려도 괜찮아요. 그러니 할아버지 같이 놀아요."

어떻게 대답을 할지 몰랐다. 초등학교 2학년이면 감기가 어떻게 옮기며 얼마나 무서운 병인지 알만한 나이인데도 아이는 물러서지 않았다. 내가 매주 아내가 살고 있는 강릉과 손녀가 살고 있는 나주를 오가며 살아가는 이유가 바로 손녀의 한없는 할아버지 사랑에 있는 것 같다. 지난 1년 6개월 동안의 고생이 아이의 이 한 마디에 연기

처럼 사라졌다. 이만하면 아이의 할아버지 사랑은 충분하게 증명된
셈이다. 결국 두 사람은 잠 잘 때까지 함께 놀면서 시간을 보냈다.

17. 팔씨름   2017. 10. 21(토)

손녀가 자라면서 할아버지와 함께 할 수 있는 놀이는 점점 줄어드

는 것 같다. 며칠 전 손녀와 놀다가 제안을 했다.

　"우리 팔씨름 한 번 해 볼까?"

　"네, 좋아요"

　우리는 오른손을 서로 맞잡고 자세를 취했다. 초반부터 기싸움이
벌어졌다. 나는 어느 정도의 힘을 줘야 손녀에게 상처를 주지 않을
지를 생각하며 겉으로는 반드시 이기겠노라고 큰 소리를 쳤다. 손녀
도 이에 질세라 자기가 이길 수 있다고 맞받았다.

지난해까지만 해도 우리는 자주 팔씨름을 하면서 놀았다. 손녀는 그때마다 할아버지를 이기려고 했다. 그래서 나는 아이의 기분을 살펴가며 져 주는 경우가 많았다. 그러면 아이는 기분이 좋아 춤을 추기도 했다. 팔씨름에 지고 나서 나는 항상 아이에게 내년에 보자며 도전 의지를 보였다.

"네가 2학년이 되면 할아버지가 팔씨름을 이길 수 있을 것 같구나."

손녀는 자기 나름의 논리를 내세웠다.

"아니에요. 저는 힘이 세지고, 할아버지는 힘이 약해지는데 제가 이길 거예요."

3학년이 된 지금은 어찌된 영문인지 손녀의 태도가 달라졌다.

"할아버지, 이번에는 일부러 져주지 말고 힘을 써 주세요. 할아버지가 일부러 져주시는 것을 알고 있었어요."

"언제부터 알고 있었는데?"

손녀는 대답 대신 자기의 꿈을 웃으면서 이야기했다.

"내년부터는 제가 정말로 할아버지에게 이길 거예요."

지난 1년 동안 손녀는 키도 커졌지만 마음도 성장한 것 같아 고마웠다. 몇 년이 지나면 진짜로 아이가 팔씨름에서 나를 이길 것 같다는 생각이 든다. 아이는 자라고 할아버지는 힘이 약해지고… 이것이

인생인가보다.

18. 할아버지를 위한 사랑의 노래　　　2017. 12. 12(화)

　오랜 만에 만난 손녀가 조심스럽게 종이 한 장을 내밀었다. 한 번 보자고 하니 아이는 부끄럽다며 돌아선다. 무언가 하고 물어보니 할아버지에게 줄 선물이란다. 그러면 할아버지에게 보여 달라고 부탁하자 아이는 음표가 그려진 종이 한 장을 내밀었다. 음표 밑에는 노랫말이 적혀 있었다. 아이가 할아버지를 사랑하는 마음을 담은 노래였다.

　본인이 할아버지를 사랑하는 마음을 글로 쓰고 작곡을 하고 그것을 종이에 기록한 것이다. 8마디로 된 노래다. 제대로 형식을 갖추진 못했지만 아이의 사랑이 듬뿍 담긴 '사랑 노래' 다. 세상에서 하나밖에 없는 귀한 '할아버지를 위한 사랑 노래' 다.

♬할아버지　사랑해요
할아버지　감사해요
나를　가장　사랑하시는
우 ~ 리　할아버지♬

이 노래를 본 순간 나의 마음은 기뻤다. 기뻤다기보다는 가슴이 멍해졌다는 표현이 좋을 듯하다.

손녀의 사랑 가득한 노래. 자신이 처음으로 작곡한 노래가 할아버지를 사랑하는 노래여서 더욱 고맙고 감사하다.

에필로그

조부모의 손에서 자란
모든 아이들이 행복하기를

조부모의 손에서 자란
모든 아이들이 행복하기를

산후풍으로 고생하는 딸아이를 대신해서 외손녀를 키우기 시작한 지가 벌써 8년이 넘었다. 갓난아이를 품에 안고 기쁨에 젖었던 우리는 아이 엄마의 고통스런 모습을 지켜볼 수밖에 없었다. 그동안 아이는 잘 자라서 이제 어엿한 초등학교 3학년이 되었다. 아이 엄마는 몸이 많이 회복되어 자기 딸을 보살필 수 있을 정도가 되었다. 아직도 힘든 일을 할 수 없지만 건강을 회복하기 위해 많은 노력을 하고 있다.

손녀를 키우면서 블로그에 올렸던 글을 다시 읽어보니 가슴 아픈 구절들이 너무 많다. 남들이 보기에는 별 느낌이 없을 단어 하나에도 나의 가슴은 두근거렸다. 원고를 수정할 때마다 나의 가슴은 쿵 쾅거렸고, 두 눈에는 눈물이 고였다. 산후풍으로 아직도 고생하는 아이 엄마가 나의 사랑하는 딸이기 때문이다. 남들처럼 활기찬 사회 활동을 하지 못 하는 딸이 살아가는 젊은 시절을 보는 나의 마음은 심히 괴로울 뿐이다.

아이가 세상에 태어나서 어른이 되기까지 누군가의 끊임없는 도움이 필요하다. 올바른 삶을 위한 길잡이뿐만 아니라 건강한 삶을 위해서도 어른들의 도움은 절대적이다. 어린 시절 건강하게 자라야 사회인이 되었을 때 남을 도울 수 있는 인물이 될 것이다.

퇴직한 후 8년 동안 열심히 아이를 키웠다. 아이가 어린이집, 유치원, 학교에 머무는 동안 나는 나름대로 열심히 책을 읽고 글을 썼다. 아이와 함께 있을 때는 온전히 아이에게만 집중하고 나머지 시간에는 내가 좋아하는 일을 하였던 것이다. 결국 손녀를 돌보고 입히고 먹이는 것이 나에게는 힘든 일이 아니라 삶의 여유를 가지는 시간이 되었다. 아이가 성장하는 모습을 바라보는 것은 할아버지인 나에게는 기쁨이요 즐거움이었다. 내가 손녀를 위해 해준 것보다는 손녀가 나에게 준 것이 더 많다는 생각을 가지고 있다.

오늘날 우리나라에서는 많은 어린 아이들이 바쁜 엄마 대신에 조부모의 손에서 자라고 있다. 그 아이들이 잘 자라서 자기를 길러준 조부모에게 감사의 마음을 가지면 좋겠다. 조부모 손에서 자란 아이들이 모두 행복했으면 좋겠다.